빛이 닿은
자리에
무언가

빛이 닿은 자리에 무언가

1판 1쇄 발행 2022년 12월 6일

지은이   이주현
발행인   이선우
펴낸곳   도서출판 선우미디어
            등록 | 1997. 8. 7 제305-2014-000020
            02643 서울시 동대문구 장한로 12길 40, 101동 203호
            ☎ 2272-3351, 3352 팩스: 2272-5540
            sunwoome@hanmail.net
            Printed in Korea ⓒ 2022. 이주현

값 13,000원

ISBN 978-89-5658-720-2 03810

이주현 에세이

빛이 닿은
자리에
무언가

선우미디어

나를 지으시고

내 인생의 작가이신

하나님께

모든 영광을 돌리며

발 앞에 비춰진 빛을 따라 한 걸음씩 왔는데, 지금 작가의
말을 쓰고 있습니다. 글쓰기를 배워야겠다는 생각이 첫 수업
으로 이어지고, 저의 영어식 문장이 다듬어지고, 묘사를 배우
고, 도치법을 써보며 마음과 과거, 미래, 그리고 현재를 펼쳐
보기 시작했습니다.

이 책은 저에게 마치 성경에서 가나안 땅에 들어가기 전에
하나님의 백성들이 '길갈'이라는 지역에 돌로 세운 기념비 같
다는 생각이 듭니다. 광야와 같았던 노래가 된 시간. 영혼이
풍족했던 하나님과의 추억을 기억하기 위해 잘 정리해 남기고
싶었는데 계획하지 않았지만 그렇게 된 것 같습니다. 한 작품
한 작품 쓰다 보니 다시 마주 할 수 있을까 싶던 과거로 돌아
가 제게 주셨던 축복을 재발견하기도 하고, 지난 시간을 정의

내리며 매듭짓기도 하였습니다. 유독 하나님의 임재를 많이 느끼는 자연의 이야기가 담기고, 하나님과의 독대를 넘어 사람들과 함께하는 삶으로 점점 지경이 넓혀지는 과정이 쓰여졌습니다.

글을 쓰는 자체가 회복의 여정이자 즐거운 추억이 되었고, 힘차게 날개 짓을 시작해 보도록 용기를 주었습니다. 영원을 향한 미래의 길을 앞두고 책을 냅니다. 세상으로 한 발자국 떼며 하나님과의 동행을 이어가겠노라 다짐합니다. 함께요.

글을 써보니 문학의 묘미를 조금 알게 된 것 같습니다. 작가의 인생과 신앙, 가치관, 의도, 감정, 사유가 글의 솜씨로 나타나는 과정이 마치 물처럼 자연스럽게 흘러갈 때도 있으며 쓸수록 숨겨져 있던 것들이 정돈되고 정립되어 더 큰 그릇에 담기도 하는구나, 생각합니다.

글과 삶이 일치하기 위해서 글을 잠시 멈추고 삶을 살아야 할 때가 있을지 모르지만, 새롭게 알아가는 하나님과 함께하는 세상에서의 삶과 그 안에 모든 것들을, 앞으로도 문학의 언어로 만들어 각자를 부르시는 그 무지개 빛깔로 어여쁘게 비춰지는 길로 더 많은 사람을 초청하고 싶습니다. 이끌리어 힘차고 기쁘게 저도 그 길을 따라 가기 원합니다.

Writing을 하면서 인생을 새로운 시점으로 re-writing 할 수 있게 하신 하나님께 감사드리며 제게 붙여주신 사람들을 돌아봅니다. 제 소명의식을 일깨워 주며 여기까지 걸어오도록 꾸준히 이끌어 주시고 가르쳐 주시고 아낌없이 사랑해 주신 이경은 샘, 감사하고 사랑합니다. 귀한 저서라고 이야기 해주며 책을 펴낼 수 있게 함께해주시는 출판사에게 감사합니다. 지켜봐주고 기도해주며 함께 웃고 운 믿음의 친구들, 사역자 분들, 늘 사랑하고 응원해주는 가족과 부모님에게 감사합니다. 사랑해요, 온 마음 다해.

나를 지으시고 내 인생의 작가이신
하나님께 모든 영광을 돌리며

이주현

목차

만
져
볼
까,

봄

'봄'이 왔나보다.

진짜 봄의 소리.

봄의 때가 내게로 왔다.

약속이 이루어지는 시간.

안녕, 내가 왔어

산꼭대기에서 보는 것처럼 저 멀리 아래, 바닷가 파도 곁에 있는 내 모습이 보인다. 하얀색 옷을 입고 양팔을 벌리고 걸어간다. 부는 바람을 기분 좋게 맞으며…. 산 위에서 바라보는 내 옆과 뒷모습에서 '자유'가 보인다. 무엇이 그리 든든한지 걸음걸이에 여유가 깃들여, 한 걸음씩 걷는다.

몇 년 전 친구가 꿈에서 본 내 모습을 묘사해준 것이다. 오늘 기도하는 중에 이 이미지가 떠올랐다.

새벽, 고요한 시간에 눈이 떠진다. 고요함 사이로 새소리가 들리기 시작한다. 얼마 전 바꾸어 논 알람소리가 서서히 커지며 울리는데, 잠시 뒤 진짜 새소리가 어렴풋하게 같이 들려온다. 녹음된 소리보다 조그맣게 들리는 그 소리가 실제 소리여서인지, 더 선명하고 예쁘다.

아,

"지면에 꽃이 피고 새가 노래할 때가 이르렀는데…."

오래도록 품었던 말씀이 떠오른다.

'봄'이 왔나보다.

진짜 봄의 소리.

봄의 때가 내게로 왔다.

약속이 이루어지는 시간.

공원에 가서 경계로 친 낮은 밧줄을 가볍게 넘어 풀밭에 들어간다. 익숙하게 밟던 풀밭을 보며 걷는다. 그때 하나둘 보이는 새로운 것들.

솔방울이 있던 풀밭 위에 뿌려진 꽃잎들이다. 갑자기 나타난 흰색에 가까운 연한 분홍색의 하늘하늘한 꽃잎들이 풀 사이사이에 넉넉히 뿌려져 있다. 이제 막 떨어진 꽃송이들은 뒷모습을 보이며 빨간 꽃받침들을 보게 한다. 바람에 떨어지는 꽃들이 내 발치에 있다. 꽃 하나를 주워본다. 그러다가 다시 바닥에 논다.

꽃잎들을 뿌려 논 레드 카펫 같다. 어서 와, 환영해주는 풀밭 카펫. 푹신한 바닥을 밟으며 공원을 지나간다.

안녕, 내가 왔어.

만져볼까, 봄

　하얀 목련이 화사하게 첫 신호로 봄을 알리면 감탄이 흘러나왔다. 노란 산수유를 멀리서 보다 '어떻게 생긴 거지?' 하면서 가까이 다가가서 보았다. 술이 꽃잎보다 길어서 특이하게 보였나 보다. 봄을 아름답게 장식하는 벚꽃 잎은 다른 꽃잎들에 비해 천천히 떨어진다는데, 벚꽃 나무 아래 산책길을 더 낮게 만들어 벚꽃 잎이 떨어지는 모습을 더 오래 볼 수 있게 한다는 이야기를 들었다.

　길게 흩날리는.

　분

　분

　紛

　紛

　히.

지난해 떨어지는 벚꽃 잎의 선회를 보면서 내 마음도 따라 흔들렸었다. 올해의 봄은 아직 봄처럼 느껴지지 않는다. 설익은 봄 같은. 봄이 정말 왔어? 돌아오는 길에 묻는다. 왜 하늘이 회색빛으로 보이지. 봄이 온 거 같긴 한데, 분위기가 이상할 정도로 차분하다.

겨울의 끝이 너무 길었던 걸까. 봄을 맞이할 마음의 준비를 마치도록 기다려주는 걸까.

그래도 마침내, 내게로 올 봄.

큰 창문 너머로 도시 풍경을 본다. 줄을 지어 서 있는 자동차들과 콘크리트 도로들이 보이고, 작은 공원에 식물들이 가지들로만 서 있어서 그런지 도시 속에서 빈약해 보인다. 갑자기 자연을 보러 놀러 간 지 오래되었다는 생각이 든다. 나는 이 작은 사무실 같은 공간에 오면 나의 내면의 세계를 더 수월하게 펼친다. 가끔 일에 집중하다가 쉴 때 자리를 옮겨, 창밖을 새로운 눈으로 바라본다. 창가에 앉아 있다가 조금 멀리 떨어져 앉으니 보이는 풍경이 달라진다. 창 가까이에서는 아래까지 내려다보고 좌우로도 둘러보지만, 떨어져서는 풍경의 윗부분만 내다보인다. 그 윗부분 안에는 도시 건물들의 스카이라인과 하늘이 있다. 창틀이 프레임처럼 이 풍경의 경계를 잡아준다.

핸드폰으로 새벽 예배 영상 하나를 꺼낸다. 이 우주가 날 위해 만들어졌다는 설교 내용이다. 그때 밖을 보던 내 눈이 창 너머 도시 속 건물들이 아닌, 그 사이 위에 있는 구름 조각들로 옮겨간다. 네거티브 스페이스가 주 사물로 바뀐 일순에 일어난 초점의 변화. 어떤 대상의 실루엣을 만들어내는 네거티브 스페이스는 주로 뒷배경 같은 역할을 한다. 스카이라인도 하늘에 감싸여 생긴 실루엣이다. 하지만 순간 건물들이 아웃 포커스되고, 하늘만이, 하늘만이 보인다.

전해주는 이가 잇따라 말하는 걸 듣는다. 자신의 아기가 태어나기 전 침대와 가지고 놀 장난감들을 정성스레 준비했는데, 아이가 태어나고 그 장난감들을 가지고 놀 때마다 그 모습을 보면 너무 좋았다고…. 사람이 창조되기 전에 하나님이 사람을 위해 이같이 세상 안에 모든 것을 하나씩 하나씩 준비해 두었다, 는 사실이 놀랍다. 처음으로 아이를 안았을 때는 마치 우주를 안는 기분이었다고 한다. 아이 안에 우주가 들어있다는 말에 나는 놀라운 계획과 무한한 가능성의 은하계를 상상한다. 우주 같은 하나님의 사랑이 밖에도 안에도 가득하다.

순간, 내 마음이 이 작은 공간에서 벗어나 큰 우주로 향한다. 이 공원의 몇 배는 될 정도로 아주 큰 별도 나를 위해 하늘의 빛나는 장식으로 만들어 단 창조주. 이 온 우주가 나를 위함이다. 또 내 안에도 무한한 가능성의 우주가 있다. 우주를 품고 있는 기분. 이 작은 공간이 참 감사했는데, 우주 안에 아주 작은 선물이었구나. 갑자기 느껴지는 큰 사랑에 눈이 반짝거린다. 이미 있었을 쏟아지는 사랑에 가슴이 들뜨고 벅차오른다.

집으로 돌아오는 길 작은 공원에 들어선다. 아직 잎이 나지 않은 키 큰 나무들을 고개를 높이 들어 쳐다본다. 걸어가며 그 가지 끝들을 보며 묻는다. 이것도 저를 위해 만드셨나요? 봄이 출발하여 작은 흙밭에 새롭게 심겨진 작은 색색별 들꽃들을 가까이 가서 본다. 이것도요? 할머니가 입고 계셨던 연보라색과 비슷한 신비한 빛을 띠는 색을 본다. 만져볼까 하다 사진을 찍어 웃음과 함께 남긴다. 오고 있는 봄이 나를 위한 선물로 다가온다. 그제서야, 고마운 봄.

나비, 참 위로의 순간

힘없이 걷고 있는데, 저만치에 있는 하얀 나비 한 마리가 눈에 들어온다. 순간 가라앉았던 내 마음이 소리 없이 고개를 든다. 크게 놀라지는 않았지만, 마음에서 조용한 기쁨이 뿜어져 나온다. 고요하게 서 있는 나무와 풀을 배경 삼아 이 작은 존재가 새하얗게 날아다닌다. 색채의 오묘한 대비로 더 또렷하게 드러난다. 짙은 초록의 나무와 풀, 하얀 몸체, 잎 사이사이로 새어 들어오는 평범하면서 찬란한 빛의 조화가 어슴푸레 선하다. 이곳을 지날 때 몇 번 나타나곤 했는데, 내 눈과 마음에 다시 보인 것이다.

작년 초여름, 하얀 나비를 처음 마주쳤을 때가 생각난다. 한적하고 구불구불한 산책길에서 혼자 걷는 내 앞으로 슬며시 날아와 주었다. 여린 날개에 '함께 있다'는 메시지를 싣고…. 아, 혼자가 아니라는 따스한 위로. 나는 나비의 새하얀 색깔에 시선이 멈췄다. 나도 내 안에 불순물을 걷어내고 순수하고 새하얀 결정체가 되어 가고 있겠구나, 하는 생각이 들었다. 한 마리 나비를 보며, 나를 보고 계신 분을 생각했다. 얼마나 특별하고 귀중한지. 그분께는 나 한 사람이면 충분한, 매우 큰 존재로 느껴졌다. 잠깐 멈춰 '사랑'을 맡았다. 잠시 후 빛나던 작은 생명체는 유유히 날며 지나갔고, 나도 천천히 걸어 나왔다. 마음에 미소가 지어진다. 기쁜 힘이 흘러나오기 시작한다.

채워진다, 내 마음 깊숙한 곳에서부터.

두 마리의 춤

한참 잊고 지내던 나비를 다시 만났다. 여전히 놀랍고 기뻤
는데, 어? 두 마리네! 일 년 전에 보았던 나비는 이제는 두 마리
가 되어, 서로 빙글빙글 왈츠를 추듯 사선 방향으로 나아가며
나와 나무 옆을 지나 올라가고 있었다. 빛의 가루들을 뿌리며
날아가는 나비의 춤을 몸을 돌려 눈으로 따라갔다. 어찌나 서로
즐거워하며 경쾌한 리듬으로 가던지! 활기찬 사랑스러움이 내
두 눈에 가득 담겼다.

오늘의 선물.

작은 숲속으로 날아가는 흰 나비 한 쌍을 보며 함께 춤추며
기뻐하는 내 모습을 상상한다. 이제 저들처럼 나도 사랑을 주고
받으며 하나 되어 살고 싶다.

솔방울 하나, 민들레 씨꽃들

눈에 들어오는 건 솔방울 하나, 민들레 씨꽃들, 하얀 비둘기, 나비 정도였을 뿐이었다. 민들레 꽃이 노랗다가 완전히 다른 모습의 여리여리한 공 같기도 한, 버크민스터 풀러(Buckminster Fuller)의 돔 같기도 한 씨꽃이 되는 걸 내가 딛고 있는 발 주위를 관찰하다 알게 됐을 때.

소나무에서 솔방울들이 아기 때 초록색이었다가, 자라면서 벌어지고 씨들을 품는 걸 보면서 신기했다. 그래서 하나 주워왔다. 그것을 물에 묻히면 단단하게 닫힌다. 자연 상태로 두면 건조해지며 다시 예쁘게 열리는 모습도 봤다.

이쯤이었나.

나비가 애벌레에서 완전히 변화되는 과정이 궁금해졌다. 집으로 돌아오는 산책길에서 문득.

바다의 빛깔

물방울들이 안개처럼 뿌려진다. 파도가 바위에 부딪힐 때마다. 저 아래 있는 나무로 된 다리가 물에 젖어 진한 색감을 드러내고, 그 다리 위로 자전거를 탄 한 사람이 스쳐 지나간다.

가로의 풍경에 깜짝 뛰어든 움직임.

바다 표면은 잔잔하게 파랗고, 그 위에 파도가 달려와 천천히 하지만 강렬하게 하얀 거품을 일구어낸다. 하늘과 구름, 나무다리, 파도가 일렬로 줄지어있다. 가로의 풍경 안으로 들어온 자전거 바퀴. 잠잠한 풍경을 뒷받침한 까만 움직임이다. 머리부터 발끝까지 까만 옷을 입은 한 사람이 타고 있는 자전거가 마치 움직이는 엽서 같다. 이 환상 같은 모든 풍경을 달리는 자전거, 가 현실로 돌아오게 한다.

바다 가까이에 있는 나무다리로 내려가 본다. 걸어가다가 순간 발걸음을 멈춘다. 파도가 바로 내 눈앞까지 와있다. 치솟아 오른다. 오르고 내릴 때마다 파도가 내는 소리에 내 몸이 둘러 싸인다. 한참을 서서 바라보았다. 파도 속으로 들어가는 느낌이다. 아니, 파도 소리가 나를 불러 세우고, 나는 부딪히는 소리에 귀를 맞댄다. 이런 경험은 처음이다. 나와 온 세상이 시원해지는 기분이 된다.

바다의 빛깔, 파란 소리.

새벽, 고요한 시간이다. 방에서 하늘거리는 얇은 커튼을 그림 한 폭정도 길이로 열어두고, 침대에 누워 밖을 바라본다. 저 멀리 바다의 중앙에서부터 해변까지 하얗게 밀려가는 파도의 선들이 부드럽다. 방 밖의 소리는 묵음이 되어 하나도 들리지 않는다. 분홍색 하늘과 푸른색이 섞인 소라 빛의 구름과 바다이다. 흰색 커튼마저 옅은 분홍빛으로 물드는 것 같다. 포근한 빛깔과 부드러운 파도가 따뜻하다.

어제는 그렇게 커 보이던 파도가 이렇게 멀리서 보니 깊은 바다 위 얇은 선에 불과하다. 손톱같이 작은 것처럼 느껴진다.

깊고 변함없는 바다를 보고 있자니 마음이 엎드려진다. 평온함과 동시에 포근한 바다에 들어가, 감싸여 눕고 싶은 심정이다. 아름다운 하늘과 푸른 물가가 내 마음에 분홍빛으로 물든다.

바다의 촉감, 분홍 빛깔.

내 방 안의 아레카 야자

내 방 안에는 두 개의 아레카 야자가 있다. 이것은 에코플랜트로 최고의 자리를 차지하며, 공기 정화 용으로 더할 나위 없이 좋은 식물이라고 한다. 이게 없을 때는 방의 가구들이 모두 정지된 느낌이었는데, 아레카 야자가 들어온 후에는 살아있는 느낌이 든다.

두 개가 있는데 모양이 다르다. 하나는 야자 잎이 틈이 없이 촘촘히 피어 있는데 키가 작고, 또 하나는 잎이 옆으로 위로 들쭉날쭉 성글한데 키가 크다. 같은 종류인데도 둘이 이렇게 다른 모습으로 피는 걸 보니, 사람들의 다른 모습이 생각난다. 정성 들여 키우다 보니 사람도 저처럼 다 다를 거라 여겨졌다.

마침 교회의 팀 활동을 하고 있을 때라 그런 생각이 더 들었는지도 모르겠다. 외부 세미나 준비였는데, 처음 시도하는 것이고 조금 실험적이었다. 더우기 신설 팀이라 자료는 물론 경험도 없어 모든 것이 낯설었다. 마음만은 새로운 실험에 모두 도 전적이었다. 사람들의 배경을 알아가다가 어떤 사람은 디자인을 잘 하고, 또 누구는 리더로서 일 분배를 잘하며, 말을 잘해서 사회를 보면 좋을 사람도 있었다. 결국 자연스럽게 배정을 받거나 스스로 자원해서 역할들을 맡았다.

일이 크고 작은 것은 상관이 없었다. 겉으로 보기에는 작은 역할이라 일이 적은 것 같이 보일 수도 있었지만, 나는 자기 역할에 들어맞고 그 일을 감당할 사람이 필요한 것이라 생각했다. 모든 사람이 각자 다 중요하다는 것을 깨달은 경험이었다.

사실은 그 작은 역할을 맡은 사람이 나였었다. 몇 년 뒤에 뒤돌아보니 바로 그 '작은 역할'을 시작으로 그동안 배운 게 많다. 그때 같이 팀 활동을 하면서 보고 배운 것을 토대로, 나중에 큰 역할을 할 수 있었다. 크다기보다는 넓은 역할이랄까. 그 넓어진 자리에선 작은 역할들을 알아보고 모두가 제때에 맞게 자라나도록 활발하고 역동적인 팀을 이루어가는 것이 중요해 보였다. 지금 또다시 작아 보이는 일을 겨우 하는 나에게, 그때처럼 더 큰 뜻이 있을 거라고 이야기해주고 싶다.

원래는 따로따로 놓았는데, 어느 날 두 개를 가까이 붙여 놓았다. 서로 부딪힐 것 같아 높이를 조금 다르게 했더니, 시너지를 이루었다. 잎의 색이 하나는 더 옅은 게 그때서야 보였다. 나는 옅은 색의 아레카 야자에 주의를 더 기울였고, 차츰 둘 다 생글생글한 초록색이 되었다. 늘어지는 잎이 옆에 기대기도 하고, 성글한 부분을 촘촘한 것이 채워줬다. 사람도 같이 살아야 하는 것처럼 식물도 함께 서로에게 높이를 배려하기도, 부족함을 채우기도 하며 에너지를 얻는가 보다.

처음 이사 올 때는 시들시들했다. 그래서 책을 사서 잘 키우는 법을 공부하고 물에 섞는 EM용액도 샀다. 처음으로 가지치기도 하고 공을 들였다. 아레카 야자는 물을 많이 좋아한다. 그래서 이따금씩 흙을 만져 살피곤, 마른 때에는 넉넉히 물을 주었다.

세상에 모든 살아있는 생명체는 관심과 사랑을 받을 때 풍성하게 더 잘 자라고, 자유롭게 뻗어나갈 수 있다는 생각이 들었다. 나도 이처럼 사랑과 관심을 받을 때 마음 안에 기쁨이 넘치고, 때로는 그것을 준 사람을 향해 나의 사랑과 관심이 거꾸로 흘러 들어갔다. 새로운 기쁨이 생성 분출되어 내면 세계를 자유롭게 펼쳐 나갈 수 있는 건 지극한 행복일 것이다. 사람이 사는 모습이나 식물이나 비슷하다는 생각이 들었다.

카라 꽃, 승리

꽃일 거라 생각했던 부분은 색이 입혀진 잎사귀였다. 잎의 무늬라고 생각했던 건 알고 보니 잎의 구멍들이었다. 반전의 연속이었던, 강인하고 곧은 느낌의 카라(calla) 꽃.

초록색 잎사귀들보다 위로 자란 노란색 잎들이 처음 봤을 때 눈에 띄게 밝고 예뻤다. 나중에 그 속에 감추어진 꽃, 육수화서라 불리는 이삭 위에 있는 작은 돌기들을 알게 되었다.

칼로 분해도 해보고 루페 돋보기로 들여다보기도 했다. 줄기들은 반듯하게 뻗어 있고 잎사귀의 곡선들은 매력 있게 말려 있다. 보면 볼수록 모양새가 섬세하고 독특함을 나타냈다. 잎의 끝은 뾰족한데 가장자리는 밋밋하다. 깨끗하고 아름다운 느낌. 봄에 그릴 구근 꽃을 찾으러 갔다가 사 왔다.

나중에 스케치 노트를 만들며 알게 됐다. 꽃의 상징과 꽃말을. 다시 태어나고 부활을 상징한다는 것과 순수와 순결, 천년의 사랑이라는 꽃말을 가지고 있었다. 영어로는 살짝 다른 거룩함(holiness)도 포함되어 있다. 그래서인지 결혼식에도 자주 사용하는 것 같다. 하얀, 핑크, 빨강, 주황 등 여러 가지 색이 있지만 그 중에서도 내가 본 노란색은 '감사'를 뜻한다.

오른손으로 글씨를 쓰는 것도 어려울 때, 사각거리는 색연필의 촉감을 느끼며 여러 가지 색을 올려보고 싶었다. 어릴 적 그리기를 좋아하던 친구가 색연필 색을 섞어 그리던 그림이 머리에 남아 있기 때문이었을까. 우연히 보태니컬 아트를 찾게 되고 수업을 신청했다. 당시에는 아주 큰 도전이었다. 이 수업을 통해 사람들이 회복을 많이 경험했다는 흘러가는 이야기도 들었다.

색을 얹히고 계속 올리다 보면 아름답고 묘한 색감이 나타난다. 손에 힘을 빼며 하지만 정확하게 촘촘히 채워나가는 손동작이 좋았다. 사람의 아름다움도 이러한 여러 겹의 색들의 조화일 것 같다. 촘촘하게 쌓아 올린 내 안에 여러 가지 색들이 보이는가, 묻고 싶다. 얼마나 아름다운지…. 한 가지 색이 아닌. 그래서 더 고운.

오늘은 어떤 색이 올라가고 있을까. 최고의 화가의 손에 따뜻한 색, 선명한 색, 깊어진 색이. 아니, 새로운 색이 올라가 더 아름다운 작품이 완성되어 가고 있을 것이다.

카라는 나팔 모양이기도 해서 승리를 떠오르게 한다. 독특하고 섬세하게 말려, 내게 들리는 나팔 소리에 따라 승리의 걸음을 떼자.

천사가 내려왔었어

구름이 산 위로 내려와 앉는다.

"산이 구름을 끌어당겼어?"

둥그렇고 낮은 산들 위에 내려온 옅은 하얀 뭉치를 보며 대화를 이어간다. 이과 아버지는 숲의 수분이 올라온 것 아니냐, 문과 어머니는 천사가 내려온 것 같다고 한다.

잠시 내려왔나. 다시 사라졌다가 또 내려오는.

파란 하늘이 구름 사이로 보이기 시작한다. 앞이 안 보일 정도로 안개와 구름이 산을 통째로 가리기도 하다, 개어 나무 한 그루의 뾰족한 잎사귀까지도 선명하게 보인다. 초록색 밤송이

들도. 비가 왔다 안 왔다 하는 변덕스러운 여러 날씨를 이틀 사이에 본다. 마치 하루 속에서 짧게 인생을 보는 듯하다.

긴 이동 시간. 지칠만하면 힘을 얻는다. 다시 생각나는 감각이 있다. 힘들더라도 믿음으로 반응하고, 어느 때이든지 하나님을 의지하는 감각….

터널을 지나며 터널 안에 장식해놓은 무지갯빛을 본다. 새로 산 옷을 입고 사진을 찍는다. 넓고 넓은 바다를 바라본다. 차 안에서 함께 찬양을 부른다. 요즘 내 삶에서 여러 가지 일들이 하나님의 계획안에서 흘러가며 때에 맞춰 일어나는 느낌이 든다. 그 계획 안에서 오늘 들리는 소소한 대화들이 서로 연결된 느낌을 준다. 행복함이 새롭게 느껴져서인지.

몸을 편안히 늘어뜨린다. 그 푸근한 순간에.

인생의 한 날씨 속에서는 구름에 가려진 채 천사가 전하는 말을 듣고 혼자 마음에 품는다. 그러다 날이 개면 '천사가 내려왔었어' 하며 함께 호들갑을 떨기도 하나보다.

아직 조금 낯설은 맑은 날씨….

깊은 마음을 공유할 수 없다는 생각에 슬퍼하던 나인데, 방향을 바꾸어 '우리'가 될 때 느끼는 행복을 맛본다. 조금씩 감각이 쌓여간다. '우리'가 되어가는. 그것은 뭘까. 내가 그림 전체가 아닌 꼭 있어야 완성되는 퍼즐 한 조각이 되는 느낌이랄까. 그냥 함께 시간을 공유하는 것이 즐거운 추억이 되기도 한다. 가장 긴밀한 주님과의 시간에서처럼, 조금 덜 긴밀한 사람과의 관계에서도 느낄 수 있구나. 웃음과 대화 안에서, 쉼 같은 편안함을….

이번 여행에서는 자연이 나에게 다가오기보다는 자연을 같이 바라보며 나누는 대화 위에 구름처럼 내려앉아 있는 마음들을 보았다.

배려와 헌신. 희생과 사랑의 마음들. 항상 가까이 있었을 텐데.

날이 개어 이제야, 보이나 보다.

빛이 닿은 자리에 미소가

옛날 사진들을 보면 웃는 모습이 많다. 환한 웃음을 짓고 있는 내 모습을 보면 분명 그때에도 행복한 것처럼 보인다. 하지만 오묘한 감정이 드는 나의 첫 반응. 아이처럼 얇고 순간적인 기쁨에서 내보내던, 단순히 즐거워하던 웃음이어서일까. 어리고 그때에는 몰랐던 게 많아서인지 더 이상 '나' 같아 보이지 않는 옛 사진의 모습을 보면 부끄러운 마음이 든다.

조금 더 들여다보면, 위로해 주고 싶은 마음도…. 때론 내 마음을 얼굴로 가리려 순진한 방어막같이 펼쳐진 웃음. 순진하다는 표현이 맞을지 잘 안 맞을지, 망설여진다. 연한 속을 보호하는 조개껍질 비슷한 보호막인 것 같기도 하며, 세상에서 용기 있게 서 있으려 가졌던 자만한 위장이고 그러다 스스로를 가려 버린 가림막인 것 같기도 해서이다. 한국에서도 그렇지만 특히 미국 생활에서 크게 짓는 웃음은 일상이나 비즈니스에서 더러

수단처럼 쓰이는 느낌이 든다.

진정한 웃음. 나는 지금의 웃음을 이렇게 불러본다. 진정한 기쁨을 취하고 나서 나타나는 웃음이랄까. 그건 단순하거나 사회 속의 웃음이 아닌 뭔가 새로운 것을 알고 난 뒤에 영혼이 그득해진 상태의 웃음, 이라고 해볼까. 그 웃음 속에는 진실한 마음만이 차 있다. 사랑과 기쁨이 그 가운데에 머물러 있다.

연한 미소를 짓는다. 사람들은 이 미소를 거의 보지 못한다. 피부와 근육 아래에서 꼬리가 올라가는 미소이기 때문이다. 겉으로 크게 웃을 때나 무표정일 때도 이 미소를 지을 수 있다. 보이지 않는 미소를 지을 수 있도록 영혼의 근육이 단련된 시간은 아이로니컬하게도 내가 웃지 못하는 상황에 있을 때였다. 내가 잘 웃지 못하고 사람들에게 살갑게 대하지 못했던 시기가 있었다. 당시 나는 힘이 없고 충분히 표현하지 못했지만, 나의 마음은 풍성할 수 있다는 걸 느꼈다. 그때 나는 진정한 웃음을 알게 됐다.

웃지 못하는 상황에서 나는 더불어 웃지 않는 모습을 보는 눈도 생긴 것 같다. 그 눈은 표정과 외모가 아닌 마음과 영혼을 보려고 애쓴다. 사람들의 굳어 있는 표정과 마주하기는 쉽지 않다. 나한테 화가 났나 하는 생각이 우선 들고, 그 사람이 지금 가지고 있는 기분을 감당할 수가 없을 것 같아서이다. 내가 도움을 줘서 바꿀 수도 없을 것 같은…. 그러나 나에 관한 생각을 접으면, 그다음의 행동은 반대로 쉬이 나아간다. 가까이에서 아니면 멀찌감치 서서 사랑해 줄 수 있다. 살핌과 동시에 그 사람의 깊이 쌓여있는 내면을 생각하게 되고, 함께 기다려주고 싶어진다. 그리고 겉으로 나타난 표정은 굳어 있으나, 의외로 마음은 아주 환할 수도 있다.

나는 이럴 때 미소가 절로 지어진다. 하루가 잘 꿰매어진 옷처럼 보이지 않는 손으로 잘 연결되어 하루 끝에 복기하며 평화로운 마음이 들 때. 찰나의 타이밍이었음을 깨달을 때. 평안한 마음으로 사랑하는 조카들의 모습을 볼 때, 배가 울리도록 웃게 했던 대화들을 떠올릴 때. 그리고 누군가가 나를 보며 웃을 때, 나는 미소를 짓는다. 사랑의 눈길 속에서….

눈에 주름이 더 많이 생긴 건 마스크에 가린 입이 짓는 미소를 보이지 못해서일지 모른다. 눈에 더 힘을 주는 어색한 웃음이 되었다. 그런데 그게 꼭 마스크 때문일까.

세상엔 웃고 싶어도 웃지 못하는 사람들도 많을 거다. 신체적으로 되지 않는 경우도 있고, 마음이 움직이지 않아서 그럴 수도 있다는 생각이 든다. 사실 나도 그런 사람 중의 하나였다. 웃을 수 있는 게 큰 축복인걸, 나는 깨달아갔다.

앞으로 예전의 순수하고 밝은 웃음 위에 그동안의 시간이 만들어낸 성숙이 더해져, 깊은 사랑을 나타내는 웃는 표정이 풍겼으면 좋겠다. 무언가를 아는….

웃음이 수단이 아니라 진정한 '쓰임'이 되는 바람을 가져본다. 지금 햇빛에 눈을 감고 그 표정을 지어볼까. 고개를 드니 빛의 따스함이 눈가에 닿는 걸 느낀다. 눈가와 입가가 편안해진다.

하루는 해보다도 더 큰 빛이 세상을 비추어, 해의 그림자를 만드는 상상을 해보게 되었다.

"사랑의 아름다움은 우주에 드리워진 하나님의 그림자입니다."

사랑의 빛이 우주와 해마저도 덮고 있는 이미지다.

그런 큰 사랑을 어디서 느낄 수 있느냐고 묻는다면…. 햇볕의 따스함보다 더 따뜻한 곳. 내가 편안한 미소를 지을 수 있고, 눈을 감고 쉴 수 있는 곳. 이름 한 번 부르고, 몸에 힘을 빼고는 편히 숨 쉬는 곳. 바로 주님의 품 안이다. 우주 너머보다 위대해서 측량할 수 없게 크면서도 나를 안을 수 있게 가까이에 와 있는 빛. 빛의 품에서야 나의 미소가 편안히 쉰다. 지금 이 순간, 편안하다.

마음의 미소가 얼굴에서도 환히 피어나는 봄이 되었으면.

거의 왔다. 오늘, 봄이….

어

디

로

날

아

갈

까,

길

나는 매일 움직이고 있다.

새로운 날개가 다 자라, 쭉 피고 날아보고 싶다.

강해지는 것도 최고가 되는 것도 아닌

전혀 새로운 방향으로 말이다.

내가 사는 길

무언가를 적는다는 것은 나에게는 생존의 의미가 있다. 내 마음을 지키는 통로이기 때문이다. 그 날 내가 들은 빛나는 진실을 노트에 적으며 마음에 다시 새기기도 하고, 나에게 일어난 문제들을 기도로 적으며 편하게 맡기기도 한다. 힘이 나도록 마음을 어루만져 준 좋은 '순간'들은 까먹지 않게 소중히 기록해 논다. 그런 행복의 순간들은 마치 보물 상자에 넣어 두었다가 다시 꺼내 보는 보물처럼 여겨진다. 나는 그렇게 글로 쓴 행복을 보면서 기억하고, 다시 힘을 얻는다. 다시 볼 때 새롭게 깨닫는 기쁨 또한….

무엇을, 왜 써야 하냐는 질문은 그다음이다. 무언가를 쓰는 과정은 보이지 않던 것을 보게 해주는 안경과도 같다. 예를 들어 메말라가는 것 같은 마음에 사실 샘물들이 쏟아져 내리고 있음을 보게 한다. 낱말 하나로 마음이 바뀌고, 그 마음의 외치는 소리가 외부의 모든 소리를 이겨낸다. 내 안에 들게 된 모든 생각과 느낌, 감정의 순간들을 손가락 사이로 빠져나가지 않게 하거나, 잃어버리지 않게 잘 담아 풍부함을 누리게 하는 그릇. 바로 그 그릇이 내게는 '글'이었다.

하루는 그런 생각을 했다. 혹시 내가 소리 내는 게 작은 사람이어서 이 길로 온 게 아닐까. 크든 작든, 내가 실제로 목소리로 내는 소리가 내 소리가 아닌 것처럼 느껴질 때가 있다. 마음은 깎인 돌인데, 우툴두툴 상처 내는 돌같이 둔탁한 소리가 나올 때면 어떻게 해야 하나 싶어지기도 했다.

아주 큰 마음의 작은 부분들을 다듬어 펼쳐놓은 게 글이 아닐까 하는 생각이 든다. 글을 다듬는 과정에서 마음도 다듬어져 선하게 마무리되는 걸까. 분명히 그 선함을 기억하는데 글은 큰 작용을 한다. 기억에 또렷이 남으니 생각이 변하고, 점점 내는 소리도 선하게 나오는 것 같다.

외로움 끝에 서 있는 순간에 마음을 비춘 책들이 있다. 오아시스가 내 마음에 들어오는 듯했다. 그래서 그 책을 쓴 사람에게 감사하게 되었다. 사막의 오아시스처럼 물을 나누고 흘려보내는 채널이 책이 된 것이다.

두 가지 꿈을 꾸었다.

하나는 나도 내가 쓴 글로 사람을 살아나게 하고 싶다는 것이고, 또 다른 꿈은 새로운 언어로 생각과 문화를 바꾸고 싶다는 작은 소망이다. 사실 갖춘 게 없고 부족해서 꿈을 이야기하는 게 부끄럽지만, 나는 이 과정을 솔직하게 남기고 싶다. 오히려 아무것도 없는 때에 꾼 꿈이기에 더 소중하게 여겨진다.

글이나 세상의 일들도 조금만 다르게 표현하면, 익숙한 생각이 바뀌고 살아가는 접근 방법이 바뀐다. 어느 날 누군가가 '기도하러 갈까?'를 '우리 하나님께 울러 갈까?'로 이야기하는 걸 들었다. 같은 내용인데도 다른 언어로 표현하니 마음에 확연히 다르게 와닿았다. 그 순간 마음이 두근두근할 정도로 새로웠다.

진실을 이야기함으로 거짓이 쫓아지고, 그곳에 물을 준 씨앗처럼 싹이 튼다. 누군가의 이야기가 진실 된 무언가를 보여줄 때 그 진실이 나를 붙잡고, 나도 그 진실을 붙잡고 일어난다. 내가 몰랐던 진실을 알게 되었을 때 살아나는 기쁨이 있다. 누군가의 이야기가 진실을 말할 때 나는 타오르는 사막 한가운데에서 생명수 같은 물 한 모금, 숨 한 번을 얻는다.

글을 잘 쓰고 싶다는 생각을 한 것은 이런 추상적인 생각들을 표현해 보고 싶었기 때문이다. 언어로 담기에는 커다랗고 만져지지도 않을 것 같지만 실제로 존재하는 행복 자체인 진실을 새롭게 소개하고 싶다. 글을 적게 된 이유부터 썼는데, 내가 무엇을 왜 쓰고 싶은지로 마치게 됐다. 신기하다. 건축 디자인을 콘셉트에서부터 시작해 진행하다 보면 결과물이 어떻게 나올지 모르는 신기함이 있는데….

글과 인생 여정은 어딘가 비슷하다. 나는 감히 인생 여정의 끝을 장담한다. 선善. 그러니 나의 첫 번째 글의 끝도 좋을 수밖에 없다. 나도 새로움과 자유를 더 얻고, 훗날 누군가에게 생명수 같은 '물 한 모금'이 되는 글을 쓰고 싶다.

이제 어디로 날아갈까

방안에 혼자 누워 있는 시간이 많았다. 선뜻 몸을 움직여 무언가를 할 수가 없었던 때였다. 편한 옷으로 주섬주섬 입고 집을 나서서 아파트 공원 한 바퀴를 돌면 감사했다. 돌아와 함께 걸어주신 하나님께 감사를 드렸다. 바뀌는 계절에 감탄했지만 창밖의 하늘을 볼 때도 걸으며 나무를 볼 때도 사실 눈앞에 있는 건 보이지 않고, 보이지 않는 그분의 임재에 초점을 맞추고 살았다. 실제로 나의 시야가 흐릿해진 기분이었다. 그때는 움직임도 적었고 타인과의 교류도 없었다. 평온한 자연 소리가 대부분이었지만, 내면은 왕성히 작업 중인 활화산 같았다.

처음에는 내 상황을 스스로 열심히 이해하려고 했다. 정금같이 되어 나올 거란 말을 들으면서 뜨거운 용광로에 들어가 있는 중이라고 생각했다. 마치 내 안의 불순물들이 모두 타 없어지고 깨끗한 그릇이 되는 과정이라고 말이다. 자신을 돌아보는 성찰의 시간이 오랫동안 계속되었다. 기준으로 삼은 '빛'에 비추어 내 안의 '불순물'들을 발견해 나갔다. 그러자 많은 비중을 차지하고 있던 생각들이 떨어져 나갔다. 지금은 잘 생각이 안 날 정도이다. 노력했던 일들과 만났던 관계들, 안정감과 행복감을 준다고 여긴 것들이 더 이상 내게 붙어 있지 않았다. 지금까지 '나'라고 생각했던 내 안의 불순물들은 진짜 내가 아니었다. 그동안 나를 표현하던 것들도 그렇게 중요하지 않았다. 뭘 하는지, 겉모습, 나와 타인의 생각들….

그와 비슷한 때, 생각하는 것도 책을 읽는 것도 점점 짧은 시간만 가능하게 됐다. 온 우주를 이해하길 원하다가도 숨 한 번에 감사했다. 매시간 시간만을 살다 보니, 나를 둘러싸고 있는 이 모든 상황을 이해해보려는 생각들이 들어오려다가도 튕겨져 나갔다. 심오한 질문들은 점차 단순한 대화로 바뀌어갔다.

내 안의 나라고 생각했던 것이 내가 아님을 깨달으면서 나의 정체성들이 하나둘씩 없어져 갔다. 몇 년간의 미국 생활에서 형성된 타문화의 모습들이 한국에 돌아와 새로운 생활에 적응

하다 보니 자연스레 바뀌기 시작했다. 미국에서는 나를 소개할 때 학업이나 직업적 배경으로 이야기 했었는데, 한국에서는 그런 소개를 할 필요가 없었다. 주위의 교제하는 사람들이 문화와 관심, 공감이 다른 이들로 바뀌었다. 나는 성격과 표정으로 아무것도 표현할 수 없었다. 자리에 앉아서 몇 마디를, 몇 번 웃음을 지을 뿐이었다. 나라고 생각했던 웃는 모습, 걸음걸이, 몸의 반사 신경, 소통할 수 있는 능력도 허락되지 않았다. '나'가 사라진 내 자신을 어떻게 소개해야 할지 갈피를 잡을 수 없었다.

나의 모든 것이 녹아내리고 있었다. 내게 있어서 그 의미는 사라지거나 무너진다는 것보다는 새로운 모습으로 변한다는 게 더 컸다. 뜨거운 소용돌이 안에서, 하나님과 나와 세상이 달라 보이기 시작했다. 지난 시절 전부라고 생각했던 세상을 바라보는 눈이 바뀌어 가니, 원래의 세계와는 다른 큰 세계가 보였다. 보이지 않던 세계는 내게 많은 것들을 새로 느끼게 하고 보게 했다. 나는 그 세계 안에서 '다름'을 받고 있었다. 새로운 정체성이 생겨나고 있었다.

새롭게 된다는 건 내가 없어지는 걸까. 나는 스스로에게 질문 하나를 띄웠다. 몸이 기억하고 머리가 기억하는 몸과 생각의 위치들이 하나도 같지 않았기에…. 이전의 나라고 느꼈던 '나'가 없어진 부재의 자리에 무엇을 기반으로 새로운 모습이 되는 걸까. 이 질문을 하게 된 이유는 나의 내면과 외면이 바뀌었을 뿐만 아니라, 기독교에서 말하는 '자아가 죽는다'라는 것에 대한 의문도 들었기 때문이다. 나중에 알게 되었지만, 자아가 죽는 것과 지어진 고유의 '나'의 모습은 다른 차원의 개념이었다. 그에 대한 답은 바로 내 곁으로 오지 않았다. 시간은 제 공간을 필름이 끊기듯 하지만 착실하게 제 본분을 이루며 소리 없이 뛰어넘고 있었다.

어느 날, 나비가 나에게 답을 주었다.

나비 애벌레는 번데기 안에서 몸이 변화되기 전 완전히 액체가 되는데, 이를 '애벌레 스프'라고 부른다. 한 가지 신비한 점

은 형체는 알 수 없을 정도로 녹지만, 그 안에 성충원기(imagin
al discs)라는 고도로 조직화된 특정 세포 그룹은 살아남는 것
이다. 애벌레 때에는 그저 조직에 불과한 이 세포들이 발달해
나가는 과정을 통해, 애초에 예정된 날개와 다리가 된다. 본래
의 완벽한 형체로 발현된다.

처음부터 계획된 '나'가 사라진 게 아니고, 사라지는 것도 아
니었다. 예정대로, 비로소, 나타날 거란 기대가 생긴다. 나는
내가, 나에 대해 잘 아는 줄, 내가 좋아하는 걸 하면 되는 줄
알았다. 세상이 좋다고 생각하는 것들이 정말 좋은 줄 알았다.
하지만 이제는 나에 대한 계획을 가지신 하나님이 나에 대해
더 잘 아시기에 물으며 가야겠다, 싶었다. 여전히 그릇이지만,
깨끗한 그릇이 되어…. 화가가 칠하는 내 인생은 꼼꼼한 계획의
손으로 그려지는 인생이기에 기대해 본다.

나는 어떤 사람이고 원래의 모습은 어떤지 좀 더 알아보고 싶어졌다. 숫자로 나타나는 객관적인 성격 검사를 하고, 자기소개서를 적으면서 이제까지 자라온 나를 뒤돌아봤다. 공통점이 있었다. 한결같이 '자연을 좋아한다'는 점이다. 논문도 그에 관련된 프로젝트였고, 어릴 적부터 동시로 묘사하는 걸 즐거워했다. 식물에 종종 비유한다. 나 자신을 '하나님의 꽃'이라고 표현하기도 한다. 자연은 한없이 세밀하고 높고 광대하다. 나는 그 속에서 하나님을 느낀다.

어느 검사를 통해서는 설인, 뇌인, 심인이라는 결과도 봤다. 직업적 가치에 소명의식이 큰 비중을 차지했다. 어릴 적, 초등학교 복도에서 창밖에 내리는 비를 보고만 있는 것도 좋았다. 동시에 배운 것을 누군가에게 전하는 것도 좋아했다. 감성적인 면도 이성적인 면도 가지고 있다. 이 모든 것을 통해 나는 나에게 참 사랑을 보여주신 분처럼 사랑을 하고 즐거워하고 싶다. 나처럼 생명의 길을 갈 수 있도록 다른 사람들을 돕고 싶다.

꼼꼼한 계획을 발견하는 걸음 가운데는 새로운 만남들이 있었는데, 글과 언어에 대한 유사한 관심사를 가지고 있는 사람들이 거울의 역할을 해주었다. 전공과목을 공부하거나 전문적인 일을 할 때 비슷한 관심을 가진 사람들이 주위에 있는 건 당연할지 모른다.

그런데 아무 공부도 일도 하고 있지 않던 내 주위에 찾아온 만남들이어서 우연 같지 않았다. 국어 교육을 하는 친구와 글을 쓰는 언니, 번역을 공부한 친구도 있었다. 선생님이 되고, 직장을 그만두며 소설을 쓰는 등 그들의 새로운 도전의 물결이 내 마음에도 와닿았다. 그들의 삶을 보니 거울을 보듯 내 안에도 새로움과 도전에 대한 마음을 재발견했다. 내 마음속에는 언어를 배우고 글을 쓰고 싶다는 갈망이 있었다. 그 큰 이유 중 하나는 언어와 문화를 이해해서 사람들을 더 사랑하고 싶었기 때문이다.

무언가를, 누군가를 바꿀 수 있는 힘은 어디서부터 올까.

사랑. 바로 사랑일 뿐이라는 생각이 든다. 그 힘으로 누군가가 회복되고 행복해진다면…. 내가 하는 모든 것을 통해 최대한 사랑을 더 알기 원한다. 내가 하는 모든 일의 최대 아웃풋(output)이 사랑이길. 진짜 사랑이라면 비록 사랑으로 인해 고통스럽더라도 즐거울 수 있고 행복할 수 있지 않을까.

좋아하는 길을 스스로 찾아간다는 생각 대신 지금은, 나를 위해 준비된 열려질 길을 발견해 나가고 있다. 글 선생님을 만나 지금 이렇게, 글을 쓰고 있다. 문을 하나씩 열고 나아갈 때마다 내 앞에 놓인 행복한 길을 기대하며 용기를 갖는다. 인내하며 성실하게 나아갈 수 있다면. 그 길을 계속 걸을 수 있게 나침반이 되어주는 물음이 계속해서 내 안에 있다.

오늘은 어디로 갈까요?

걸음을 떼면 답이 조금 보인다. 내 속에 있는 사랑을 향한 뜨거운 갈망이 지속적으로 지펴지길!

새로운 날개를 펴다

나는 다리가 자라면서, 발버둥 치며 나오는 중이다. 그 애처로운 발버둥으로 힘이 붙고 있다. 마치 아기들이 허공에 발을 이쪽저쪽 차며 걸음마를 준비하듯이, 나는 매일 움직이고 있다. 새로운 날개가 다 자라, 쭉 피고 날아보고 싶다. 강해지는 것도 최고가 되는 것도 아닌 전혀 새로운 방향으로 말이다. 더 깊은 바다 같은 사랑에 빠지고, 한결같은 파도에 밀려 단단하게 보이는 벽에게 다가가 그 벽을 부드러운 모레 사장으로 만드는 일— 하나님의 꼼꼼한 계획이 이루어질 것이다.

보스턴의 눈 내리는 겨울

지금 밖에는 눈이 내린다. 끊어져 있던 기억 같은 보스턴의 겨울을 떠올려 본다.

깊은 밤을 지나 새벽에 기숙사에 들어갔다. 마음이 녹록지 않았다. 이미 감정이 한 번 뒤흔들려 울고 난 후였던 거 같다. 그때 왜 그랬을까. 생각이 나질 않는다. 기억이 희미하다. 때로 쉽게 잊어버리기에 사람들은 더 기억하고 싶은지도 모른다. 아니, 아예 다 잊어버리고 싶은 건 아닐까.

기숙사에 도착해 보니 앞문이 잠겨 있었다. 문과 문 사이에서 잠시 생각을 했다. 어떡하지. 누구에게 도움을 청할까. 그러다가 제일 최근 이야기하고 도움을 줬던 사람에게 스스럼없이 전화를 걸었다. 바로 도와주러 왔던 기억이 난다. 추운 날씨에 패딩 옷을 목 끝까지 올리라고 기다려 주던 사람이었다. 눈보라가 휘몰아쳐 온 세상이 눈의 가루를 뿌린 듯 희뿌옇고, 어두운

길과 나무도 온통 하얗게 변했던 새벽. 밝게 인사하고 뒤돌아 걸어가던 뒷모습이 생각난다. 그 모습은 점점 멀어지더니 희뿌연 눈의 세상과 하나가 되고, 이내 그 속으로 걸어 들어가 희미해져 갔다. 그날의 울음은 불완전했지만 정겨운 순수함이었다. 풋풋한 기억들.

보스턴의 겨울은 길다. 갖고 있는 목도리와 장갑을 아낌없이 다 사용한다.

하루는 수업 과제를 하기 위해 학교에서 빌린 값비싼 카메라를 들고 찰스 강으로 향했다. 초고추장이라고 짓궂게 놀림 받던 밝은 빨간색 털모자를 썼다. 베이지색 털장갑을 끼고, 털모자 위에 너구리털이 달린 패딩 모자까지 덮어썼다. 겨울을 나게 해준 장비들이었다.

강가라 바람도 매섭고 더 추웠다. 오랜 시간 타임 랩스를 찍고, 비디오도 찍어야 해서 한참을 벌벌 떨며 서 있었다. 여름에는 조깅하는 사람들로 붐볐던 길이 한산했고, 노를 저어 가는 배들이 많았던 그 강은 꽁꽁 얼어붙어 있었다.

원래 겨울이 춥지만 그날따라 더 추운 날이었다. 사람이 없어 혼자라고 생각했는데, 누군가 갑자기 나에게 와서 인사했다. Hello. 나는 누군인데, 사진을 찍어도 되겠냐고 물어보는 것이었다. 그 사람은 코와 귀가 추위로 새빨개져 있었다. 씩 웃는 인상과 보스턴 특유의 억양을 썼다. 신문 사진 기자였다. '보스턴 글로브'라는 신문은 슈퍼 어디에서나 쉽게 볼 수 있는 신문이다. 나는 웃으며 그러라고 했다. 하던 걸 계속했던 것 같다. 삼각대를 최대한 길게 빼고 서서 사진 찍던 내 모습을 기자는 돌아다니며 옆에서 앞에서 멀리서 가까이서 찍었다. 사진기 뷰어를 통해 보려고 사진기에 바짝 얼굴을 가져간 내 모습을 바로 앞에서도 찰칵!

사진 기자는 나에게 명함을 주고 인사하고 갔다. 얼마 후에 이메일로 문의를 보내고, 사진이 신문에 실렸다는 연락을 받았다. 그 기자의 트위터도 팔로우 했던 거 같다. 연락을 받고 동네 편의점 같은 곳에 가서 진열되어 있는 신문들 사이에서 보스턴 글로브를 찾았다. 펼쳤는데, 앗. 보스턴 글로브 메트로 앞면에 대문짝만한 내 사진이 정 한 가운데에 있었다.

웃음이 나왔다. 캡션도 재치 있었다. Shudder to shutter. 셔터를 누리기 위해 '벌벌 떨다'라는 뜻이다. 카메라에 가려져

있는 내 얼굴의 코도 참 빨갰을 거다. 척박한 환경에서도 꿋꿋

하고 즐거웠던 풋내기 시절의 추억들.

어느 벽돌의 은하수

필리핀 시골에서 은하수를 처음으로 보았다. 쏟아지는 별들. 밤에 불이 없어서 하나하나 선명하게 보였다. 흰 우유를 조금 탄 것 같은 푸르스름한 그 광활한 신비를 바닷가에 앉아 쳐다보았다. 은하수를 보고 있다는 사실에 황홀했다. 볼 수 없는 아름다움을 펼쳐놓은 것 같은…. 별이 너무 많아서 물결이 흐르는 듯 했다. 집이 필요한 사람에게 집을 지어주는 해비타트(Habitat)를 지원하러 갔을 때 본 밤하늘이다.

투박한 회색 벽돌, 하나 얹고 그 위에 작은 삽으로 질퍽한 시멘트를 바른다. 일하는 아저씨는 능숙하게 선에 맞추어 가며 벽돌을 재빠르게 올린다. 집이 필요한 사람들을 위해 쌓아가다 보면 결국 집이 된다. 우리는 벽돌 하나만큼의 작은 역할을 하는 봉사자들. 작은 벽돌들을 모아 집을 만들고, 봉사자라는 작은 역할이 모여 하나의 프로젝트가 완성된다. 지금 돌아보니

'함께하는' 중요성을 배운 시간이었다.

미국의 삼백 년이 넘은 어느 학교 건물들. 적갈색 벽돌들이 다양한 패턴들로 그 당시 디자인을 나타낸다. 개중에는 다른 건물들에 비해 나중에 지어져서인지 클래식한 데에다 현대적인 세련미가 가미된 건물도 있다. 직사각형인 벽돌을 돌려 돌출된 모양을 만들기도 하고, 촘촘한 구성의 벽돌을 정교하게 깨트려 사용하기도 한다. 건물 전체에 역사가 있고 목적과 의미가 있지만, 어딘가 왜인지 피상적이라고도 느껴진다.

자라온 환경이 다른 것 같은 벽돌로 지은 두 건물.

나는 어디에서 벽돌을 집어 올려야 할까.

아니, 어디로 흘러가 어느 아름다움을 보게 될까.

길을 잃은 줄 모르고 길을 잃었다

사람에게 주어진 길은 다 다른 것 같다. 한 사람의 생김새와 쓰임새가 고유한 만큼, 경험과 가정, 문화와 재능이 다르니 걸어가는 길도 다를 테다.

길이란 언뜻 보면 예상이 가능하게 정해져 있는 것처럼 보인다. 좋아하는 것, 잘하는 것, 관심 있는 것 등을 쫓아가다 보면 스스로 발견하는 길처럼. 하지만 어떤 일로 원래 가려던 길을 가지 못하게 되고, 생각지도 않은 전혀 새로운 길이 등장할 때도 있다.

예전에 가던 길에서 옆으로 나아가는 새 길은 조금은 쉽고 훤히 보일 수 있지만, 어둠 속에서 한 발자국씩 내디뎌 찾아가는 보이지 않는 길도 있다. 이 보이지 않는 길은 발에 단 등불로, 비추며 걷는다.

건축학도로 공부하고 건축 사무소에서 디자이너로 일하던 시기에, 나는 주위 사람들의 말과 생각에 쉽게 물들기 좋은 상태였다. 하지만 선배들이 가려는 길에 대해 들으면서도 나는 어느 길 위에 서야 할지 갈피를 잡지 못했다. 쓰나미가 휩쓸고 간 지역에 임시 대피소를 효율적으로 디자인하며 남을 돕기 위한 선한 길을 가려고 하는 걸 보기도 하고, 도시의 아이콘인 건축물로 문화의 한 부분을 만들어내는 멋져 보이는 길을 선택하는 것을 보면서도 의문이 들었다. 좋은 의도가 있어도 결국 건축을 위한 건축을 한다는 느낌이 들 때면 허무함이 자리 잡기도 했다. 특별하거나 희생적이지 않아도 단순히 잘 만들어진 좋은 건축물은 친환경적이고 안전하고 보기에도 살기에도 좋아 의미가 충분히 있었다. 그렇지만 때때로 내게 다가오는 '건축'은 이상하게 겉은 아름다워 보여도 속내가 거칠고 안정감이 없어 보였다. 건축가라는 '사람'에게서 풍기는 어떤 삶을 본 걸까. 잘 받아들여지지 않았지만 내게는 건축 자체가 드러나지 않길 바라는 겸손이 있었고, 공간과 삶에 무언가가 더 필요한 것처럼 느껴졌다.

작은 갈망에서부터 시작된 여정이었다. 서울 도시에서 자라면서 센트럴파크 같은 숨 쉬는 공간을 실내외 곳곳에 마련했으면 하는 바람이 마음에 있었다. 빛과 공기, 식물이 어우러지는 감성적인 공간들이 필요한 걸 느끼고, 그런 공간들을 좋아했다. 오염과 소음을 줄이고, 자연의 색깔들을 칠해보고 싶었다.

현실에 들어서자, 하나의 건물만으로는 턱없이 부족한 걸 느꼈다. 숨 쉬는 공기를 공간설계만으로는 바꾸기 어려운 걸 공기를 정화하는 프로젝트를 실험하면서 알게 되어 사람의 한계를 마주했었다. 보이는 공간이 만들어내는 새로움 뿐만 아니라 마음의 공간에 더 관심이 가기도 했다. 시간이 흐른 뒤에는 공기 아닌 무엇을 숨 쉬며 살아야 하는지 생각하기 시작했다. 사랑의 숨결 같은….

학문과 일은 그 분야가 매우 넓고 재밌어서 나의 관심에 따라 자유롭게 선택할 수 있었다. 한 학기 동안 교수로 왔던 프랑스 건축가의 사상을 통해 '집'에 대한 정의를 새롭게 내렸다. '호화로움'을 움직임의 자유, 안과 밖의 연결, 자연에 얼마나 쉽게 다다를 수 있는지 정도로 재해석했다. 건축 세계 안에는 건물 너머의 철학들이 많았다. 그 세계 안에서 보게 되는 것들은 흥미로웠다. 공간을 생각하며 사회, 인문, 생물, 경제, 역사, 과학 등을 아울러 전체론적으로 생각하는 방법을 신선하게 느끼며 배웠다. 소통을 위해 이미지와 이야기, 모델을 준비하고, 발표하고 논리를 변호하는 훈련의 날들이 쌓여갔다.

그럼에도 있는 것 같았던 목적과 열정은 실제로 부재 상태였던 게 아닐까. 이 글을 쓰면서 더 분명해지는 멀리 돌아갔던 길. 내 안에 깊은 어딘가에는 무엇이 잠재되어 있었을까. 그 시기에 나는 내 안에 다른 세계가 있는 줄 모르고, 다른 곳으로 걸음을 떼지 못하고 있었다. 건축이라는 틀 안에서 서성거렸다. 그 안에서 나는 내 마음의 얕은 겉 부분에 머물러 있었던 것 같다. 있는지 몰랐던 많은 물음이 내 안에 있었고, 길을 잃은 줄 모르고 나는 길을 잃었었다.

그때의 학창 시절을 떠올리면 처음 생각나는 건, 내가 알게 된 한국 사람들과 외국 친구들이다. 그 이유는 새롭고 어려웠기 때문이다. 오래 한국에서 생활하다 온 한국 사람들을 통해 한국 문화를 배웠다. 나이 차가 많았고 대부분 가정도 있었다. 밥은 맛있는데, 다른 문화처럼 느껴졌다.

내가 만났던 외국 사람들의 분위기도 달랐다. 나는 미국 서부 캘리포니아주의 밝은 태양과 캠퍼스 안에 있는 빨간 지붕과 노르스름한 벽으로 만든 저층 건물들에 익숙해져 있었다.

동부 매사추세츠주는 벽돌이나 회색 돌의 조금 더 높은 건물들이 서있다. 사람들도 건물들의 차이처럼 달랐는데, 내가 느끼기에 새로운 곳에선 밝게 웃는 모습이나 마음의 여유, 따뜻함이 월등히 적었다. 도시는 가끔 날씨만큼이나 차갑게 다가왔다. 동성애가 합법화되면서 학교에서는 어떠한 문란함을 쉽게 볼 수 있었다. 이런 환경 속에서 나는 고민을 많이 하였다. 어떻게 반응해야 할까….

정확히는 기억이 나지 않지만, 범인을 잡기 위해 하루 동안 도시가 봉쇄된 적이 있었다. 아무도 밖으로 나갈 수 없었고, 경찰 사이렌 소리가 창밖으로 연이어 들렸다. 주로 거리에는 노숙인이 많았다. 그 상황은 어느덧 흔한 장면이 되었다. 한번은 친구가 다 함께 요리하고 노숙인들을 섬기는 봉사에 초청해 주었는데, 가지 못했다. 내 안에 특별한 마음이 그때는 없었다. 영혼이 없어 보이는 빵 가게 직원도 생각난다. 그즈음, 나는 자연스레 나를 숨 쉬게 할 무언가의 필요를 느꼈다.

바람에 재밌고 리드미컬하게 움직이던 햇빛 속의 튤립 꽃들과 늘어진 벚꽃이 피었던 수목원이 생각난다. 튤립 꽃들은 친구 집으로 걸어가는 길, 길모퉁이를 돌면 어느 집 앞 밭에 많이 모여 있었다. 음악 소리는 안 났지만, 뒤뚱뒤뚱 갸웃갸웃 옆으로 흔들거리는 튤립의 모습은 음악을 연주하는 듯했다. 수목원 입구에 있던 아주 큰 벚꽃 나무에서 늘어져 있던 꽃들은, 그 여유로워 보이는 모습만큼이나 내 마음에 여유를 한 움큼 가져다줬다. 파란 하늘을 보았다. 풀밭에 앉아서…. 한 번은 식물 수업을 듣고, 한 나무의 열매를 겨울철 내내 자세히 들여다보며 사진을 찍은 기억이 난다. 딱딱한 콘크리트 벽 사이에서 피어나는 작은 새싹인 생명체처럼, 나는 내가 그토록 애쓰는 줄도 모르며 살았던 것 같다.

연달아 이어지는 학업의 긴장 속에서 밤을 새우는 날이 많았고, 학교 내에 천장이 높고 창문도 크고 길었던 도서관에서 밖을 바라보며 공부했다. 친구들은 열심히 하고 열심히 놀았던 거 같다. 나에게는 친구들의 노는 방식이 쉼과 충족을 주지 못했다. 있는지도 몰랐던 많은 물음이 내 안에 있었다. 참된 삶의 모습을 몰랐던 시간.

휴학하고 잠시 일한 후에 3년 차로 돌아갔을 때, 길을 가다가 우연히 교회 건물을 보았다. 거기에서 공동체를 만났다. 30명 남짓 작은 공동체에서 청년은 나를 포함해 여자 4명뿐이었다. 장을 보러 가는 길에 있던 건물은 빌린 건물이어서 마음대로 사용할 수는 없었다. 추운 겨울날 평일 저녁에, 그 건물 지하에서 몸을 녹여가며 성경 공부를 했다. 적은 인원수지만 성가대에서 찬양을 부르게 되었다. 기숙사 방에서 설거지를 하며 찬양을 소리 높여 마음껏 부른 기억이 난다. 그 기억은 그때의 즐거움을 지금도 나에게 전해준다.

해가 들어오는 창문 옆에 밝은 색 나무로 만든 2인 식탁과 의자를 놓았다. 거기에 앉아서 말씀을 보기 시작했다. 특이하고 예쁜 정확한 박자의 새소리를 들으며…. 어느 날 아주 행복한 얼굴로, 읽었던 말씀과 그때 내 머리를 쓰다듬으시는 것 같았다는 이야기를 친구에게 했었다.

학교에서 짝꿍들은 서로 등을 대고 돌아서서 앉는다. 그래서 '엉덩이 짝꿍'이라고 한다. 내가 만난 나의 엉덩이 짝꿍은 학교에 몇 안 되는 크리스천이었는데, 건축가가 된다는 사실에 마음을 쓰며 곰곰이 어떤 영향을 끼칠지 생각했었다. 결국 논문 프로젝트로 호스피스 병동을 디자인했다. 환자들을 배려하며 뛰어난 디자인을 해서 나에게 많은 도전을 주었다. 나는 아름다운 자연을 수면 아래서부터 나무 캐노피까지 경험하고, 온난화로 인한 바다의 변화를 실험하는 큰 스케일의 실험 프레임을 건축물로 변화시켰다. 유엔 콘퍼런스도 열 수 있는 공간을 소개했다.

그다음 학기 짝꿍도 소수에 불과했던 크리스천 친구였다. 서로 대화하며 나누고, 교실에 모여 찬양하기도 했다. 친구의 집에 모여 만두를 만들어 먹고, 누군가가 빵도 구웠다. 문을 열고 들어가면서 한 이야기의 첫 시작은 자연스럽게 이웃과 대화하게 하는 '좋은 빵 냄새'라는 거였다. 그 당시 친구가 보내줘서 알게 된 시는 후에 아프고 힘들 때면 생각이 났다.

Annie J. Flint 의 시. 'He giveth more grace when the burden grows greater…. To multiplied trials, His multiplied peace.'

그때 내 손을 잡고 기도해주었던 또 다른 친구는 지금까지도 연락하는 나의 기도의 동역자이다.

돌아보면 그때도 하나님은 나와 함께하셨다. 한 줄기 빛처럼 나에게 찾아와 주었던 손길.

건축학과를 가게 된 경로는 의외로 간단하다. 대학원 여름 프로그램을 통해 건축 디자인 교육을 맛보았다. 그 당시 지도해 주었던 사람의 인품과 말이 믿음직스럽고 흔들림이 없어 보였다. 항상 웃는 얼굴과 크지 않은 목소리, 하지만 예리하고 솔직한 조언을 모두에게 주었다. 그러한 인성은 학생들로 하여금 한 걸음 더 나아가 배우게 하고, 서로에게 배우는 분위기를 만들어주었다.

그런 친근한 분위기 속에서, 학문의 매력과 있어 보이는 재능, 갖추어진 배경으로 대학원에 지원할 마음을 갖게 되었다.

나에게 건축학은 어떠한 의미일까.

건축학은 나에게 물음표를 주었고, 지금의 느낌표로 넘어오게 했다. 어둠에 가려져 있던 내가 빛으로 가기 위해 빛을 갈망하게 한 통로 같기도 하다. 사람들이 나처럼 길을 잃지 않기를 바라는 마음이 든다.

무슨 이유인지는 모르지만, 건축가들은 검은색 옷을 자주 입었다. 나도 트렌드에 맞추어 검정색 의상이 많았다. 지금 나는 다양한 색의 옷을 입고, 검정색 펜뿐 아니라 풀 스펙트럼의 무지개색 펜들을 사용한다.

검정색 선을 넘어가니 무지개 빛깔들이 발산되어가기 시작한다. 나의 빛깔이 드러나 다양한 아름다운 색으로 물들어 간다. 생명이 꿈틀거리고 흘러간다. 아, 빛의 축제 속에 잔잔하게 머물며 소리 높여 살고 싶다. 보이지 않았던 모양도 향기도 다른 이 길을, 이제는 등불을 따라 우람한 모습으로 걸어갈 것이다.

바람을 타는 돌

내가 얼마나 귀중한 보석인지와 동시에 얼마나 다듬어져야 할 돌인지를 본다. 바람을 타고 날아간 곳에서 돌이 다듬어진다. 같은 방에 여럿이 있을 때에야 누군가의 발 냄새를 알아차리고 그제야 냄새의 주인공이 그 사실을 알듯이, 나도 여러 사람 속에서 나의 부족한 부분을 본다.

나를 인도하시는 하나님
이번에 불어온 바람에 이끌리어 갔더니
평소 나의 말의 최대치를 넘어
다가가 말을 걸게 한다.

성향을 거슬러 올라가게 하는 힘은
오해를 없애고 화목하기 위함

돌아와 다짐하게 되는 건

더 다가가고 더 사랑하겠노라.

나는 할 수 없으니

주여!

계속 바람이 불어 날아가게 하소서

더 예쁘고 빛나는 돌로 수공하여 주소서.

소리가 들리는 쪽으로 고개를 돌려보다

누군가 내 옆에 앉아 함께하는 시간이 금방이라도 올 것 같다. 미래의 가정이 그려지지 않고, 지금 썸 타는 사람도 없지만. 사람 자체가 낯설어졌던 내가 여러 부대낌 속에 만져진 느낌이다. 발로만 딛던 모래였는데, 그 모래밭에서 한 바퀴 구른 기분이랄까. 나도 그저 다른 모양의 한 알이었던 걸 알게 되어서일까.

어쩌면 이건 기적일지 모른다. 낯가림과 불편함을 넘어 우리가 유기적인 한 몸인 걸 깊이 깨달았다. 경계가 풀어지고 들어갔던 힘이 빠졌다. 수다가 좋아지고 그냥 같이 있고 싶다. 어느 누구를 만날 준비가 되는 과정일지 모르겠다. 있는 그대로의 모습을 받아들이고 나도 그러한 걸 인정할 때의 겸손은 엄청난 자유를 가져다주는 것 같다. 엄청난 자유가 느껴진다.

청춘이나 젊은이라는 명칭이 이때까지 내게 붙여져 왔다. 그

동안 내 마음의 아쉬움을 메꾸어 준 시간. 아쉬웠던 이유는 교회 청년들이 많은 곳에서 공동체 생활을 못해봤었기 때문이다. 지금, 젊은이들끼리 함께하는 아름다운 청춘이어서 더할 나위 없이 좋다.

가장 힘이 많을 청년의 때에 가장 힘이 빠져서인지, 다시 열정을 가지고 싶다. 나에게도 주시는 어린아이들에게서 느꼈던 순수한 에너지를 가지고 미래로 걸어가고 싶은 마음. 하나님께서 인도해 주실 새로운 만남의 문과 새로운 비전의 문을 열 준비. 미래를 상상할 수 없는 것도 있지만, 먼저 기다린다. 문 뒤에서 만들어지고 있을 길을 기대한다.

하루가 선물인 인생. 나의 제2의 삶을 고민해보자. 아니, 먼저 들어보자. 한 치 앞도 알 수 없는 인생인 것과 나의 숨의 주인이 누구인지 기억한다. 내 마음의 소원도 하나님께서 내게 주신 거라고 믿으며. 나를 붙드신 하나님의 손을 나도 붙잡고, 소리가 들리는 쪽으로 고개를 돌려본다.

데스티니의 삶을 살아라

―토니 에반스의 『Discover Your Destiny』를 읽고

토니 에반스가 쓴 책 『Discover Your Destiny: Let God Use You Like He Made You』을 읽고 한글로 번역해 볼까 생각했다. 몇 페이지를 번역해 보고 제목을 이렇게 붙였다. 『데스티니의 삶을 살아라: 나의 재료들을 하나님께』.

미국 흑인으로 처음 댈러스 신학교에서 박사 학위를 받은 저자는 이 책에서 '데스티니'라는 개념을 소개한다. 이것은 '운명' 의식과는 다르다. '당신의 데스티니는 당신이 하나님께 가장 큰 영광을 드리고, 그분의 나라를 최대한 확장할 수 있도록 당신에게 명하시고 갖추어 주신, 삶의 맞춤 부르심이다.' 고유하고 귀중하고 이름이 붙여진 걸작품(masterpiece)으로 하나님께서 지으신 한 사람. 그 한 사람의 목적을 생각하게 한다. 만약 누가 하나님의 맞춤 부르심의 길에 들어서서 하나님을 즐거워하고 그분께 영광을 돌리는 삶을 산다면, 그 파장이 '나비효과'와 같

이 크게 퍼져 나갈 것이라고 말한다.

예를 들어 낙태의 위기를 겪은 팀 티보(Tim Tebow) 이야기가 있다. 미국 미식축구장 안과 밖에서 하나님의 증인으로 사용되는 유명한 프로 미식축구 선수이다.

두 번째 파트에선 좋고 힘든 경험, 쓴 경험의 선용, 은사나 성격, 열정, 마음의 안타까움 같은 '재료들'이 교차하는 인생의 지점이 있음을 명시한다. 이 책에서 말하는 것처럼 각각의 재료들이 제빵사의 의도된 뜻에 따라 섞여, 뜨겁게 달구어진 오븐에 들어간다면…. 누구든 주방으로 유혹할 만한 갓 구워진 케이크의 향이 날 것만 같다. 우리의 삶에서.

나도 이런 여러 재료가 섞이는 교차점을 만나고 싶다. 읽으면서 나는 이제는 사용되지 않는 것 같은 나의 학력이나 아픈 경험을 생각했고, 심지어 내가 어떻게 생긴 지와 목소리도 돌아보게 되었다. 성경 인물 중 에스더 이야기가 와닿으면서 나의 외적인 모습까지 드려야겠다는 생각을 했다.

마지막 파트는 데스티니의 삶을 살기 위해 필요한 요소들인 전부를 드리는 헌신, 성장 과정, 예배의 의미 등을 설명한다. 내게 가장 와 닿은 부분은 하나님의 영광을 위한 삶이었다. 나의 데스티니는 하나님의 영광을 위한 것. 나의 영광이 아니고 하나님의 영광이다. '너는 너의 영광을 원했어'라는 말을 나중에 하나님 앞에 서서 듣게 된다면, 충격으로 다가올 것 같았다. 데스티니는 발견하기 위해 애쓰지 않아도, 먼저 하나님의 영광을 구하면 자연스럽게 당신에게 온다고 한다. 성취하려 고생하지 않아도 자연스럽게 흘러가게 할 건데, 결국에는 하나님께서 영광을 받으실 거기 때문이다.

나는 책을 읽음과 동시에 책의 내용과 같이 나의 삶에서 자연스럽게 흘러가며 하나님으로부터 채워지는 것을 경험했다.

그건 하나님이 나를 위해 준비해 둔 이야기이다. 글을 시작하고 나서 글을 쓸 공간이 필요했다. 집에서 집중하거나 카페를 돌아다니는 데는 불편함과 한계를 느꼈기 때문이다. 창이 넓고 해가 잘 들어오는 곳, 자연이 보이는 곳을 하나님께 기도로 구하며 공유 오피스나 작업실을 인터넷으로 찾다가 어느 날 동네 부동산에 무작정 들어갔다. 그리고 마지막으로 한 오피스를 구경하게 됐는데, 웬걸. 내가 제일 자주 가던 두 카페 사이에 있는 건물이었다. 마침 건물의 이름이 '승리'라는 뜻을 생각하게 했다. 전 입주자에게서 가구들까지 편리하게 물려받으며, 나는 하나님께서 하나님의 영광을 위해 하시는 일에 필요한 모든 것을 공급하시는 걸 느꼈다.

오디오 북으로 차 안에서 듣기 시작했는데 ebook을 사서 눈으로 같이 보다가, 결국 종이책을 구매해 포스트잇을 붙여가며 번역까지 시도해 보았다. 어느 부분을 읽었는지는 잘 기억이 안 나지만 누군가를 사랑하는 게 너무 힘들게 느껴지던 상황에서 이 책을 붙잡고 눈물을 쏟기도 했다. 내 마음을 울리고 새로운 '맞춤 부르심'의 길을 계속 걸어가게 한 책이다.

신앙 서적이라는 느낌보다는 편안한 일상과 재치, 구어체가 들어있다. 나는 마치 이웃과 대화하는 듯, 친구에게서 농담을 들은 것처럼 가끔 피식 웃었다. 앞으로의 삶을 궁금해하는 나에게 미국에서 잠깐 들어오셨던 목사님이 추천해 준 책인데, 자신의 삶을 하나님께 드리며 가장 자유하고 행복하게 살고 싶은 사람들에게 추천하고 싶다.

마지막으로 저자는 하나님께서 움직이실 미래를 기대하며, 지금 있는 곳에서 주위에 축복이 되는 그런 복된 삶을 제시한다.

한 사람을 향한 하나님의 생각은 정말 셀 수 없이 많다. 나한 사람만 봐도 얼마나 많은지 생각할수록 감격이 된다. 이 책

을 읽게 된 것도 나를 향한 하나님의 수많은 생각 중의 하나가

아닐까.

금빛 가루의 걸음

요즘 자주 쓰는 말 중에 '격리'라는 말이 있다. 격리기간은 보통 혼자 있는 시간인데, 나는 이 시간이 '행복'을 위한 특별 관리 시간이라는 생각을 해본다. 뜻밖에 아무것도 없는 사막으로 몰린 성경 속 출애굽기 이야기를 빗대어 보면 더욱 그렇다. 집 안을 청소하듯 마음을 깨끗하게 하고, 고속도로를 빨리 달리느라 미처 보지 못했던 하늘을 보게 되는 시간. 나중에 보면 이 시간이 달리 해석될 것이다.

글을 쓰기 시작했을 즈음 나는 그 특별 관리 기간 중이었다. 힘들었던 지나온 시간을 바라보며 오히려 '축복'이야라고 고백하고 있었다. 그러다가 『P31』이라는 책을 읽으면서 한 번 더 뒤돌아보게 되었다.

하나님의 큰 발자국 속에 있는 나의 작은 발자국들을. 짧지 않은 몇 년의 시간, 조금 이곳저곳으로 틀어져도 큰 발자국 안에서 결국 한 방향으로 나아간 걸음들이었다.

저자인 하형록 목사님은 『P31』 책에서 심장이식 수술을 받고 다시 세상으로 돌아온 이야기를 들려준다. 성경대로 비즈니스 하기. 잠언 31장으로 회사를 경영한 이야기가 그 뒤에 이어진다. 이 모든 것은 이웃을 돕기 위함이었다.

자기의 상징이던 빛나는 당당함과 강인한 의지, 그리고 불굴의 자신감이 완전히 사라졌다는 부분에서 매우 공감이 되었다. 기적적으로 살아서 병원을 나간다면 어떻게 살 것인가 고민하는 부분도 나와 비슷하다고 생각했다. 상황은 다르지만, 다시 주님 앞에 서는 시간까지 변화되고 싶었고, 다르게 살고 싶은 마음이 들었기 때문이다. 살기 위해 말씀을 붙들고, 그 속에서 하나님의 사람으로 거듭된 이야기도 남의 이야기 같지 않았다. 말 그대로 새로운 심장을 가지고 '팀하스'라는 건축회사를 시작하면서 말씀대로 살아간 저자. 말씀을 품은 예수 그리스도의 심장으로 제2의 인생을 살아갔고, 하루하루가 하나님의 은혜인 줄 알아 인도하심을 따라 살았다.

나는 주어진 하루를 하루씩 살았는데, 어느 순간부터 내 삶의 큰 방향이 잡혀져 갔다. 걸어왔다기보다는 업혀온 것 같지만…. 요즘 들어서는 그 방향 안에서 구체적으로 인도해 주시기를 구하게 된다. 매일 내 마음을 지키는 것도 일상생활을 할 수 있는 것도 나와 함께하시며 붙들어 주시는 손길이 없이는 할 수 없다는 걸, 이제는 안다. 예전에는 따뜻한 말 한마디를 주변 사람들에게 했으면 오늘을 잘 살았다고 생각했다. 지금도 크게 다르지는 않지만 조금 더 큰 비전을 하나님께 묻게 된다.

어릴 적 남동생에게 잘 안 나오는 화이트보드 마커를 보여준 다음, 눈에 보이지 않는 금빛가루를 뿌리는 척하고는 재빠르게 잘 나오는 마커로 바꿔서 마술인 것처럼 했다. 그러면 신기해했는데.

나비 날개에 얹힌 찬란한 색을 띠는 빛나는 가루들. 나도 나비처럼 날아가면서 눈에 보이지 않지만 반짝이는 금빛가루들을 뿌리고 싶다. 사람들의 마음 정원에 꽃들이 생명력으로 가득 차도록.

하
나
님
과
함
께,

빛

길가에 있을 때에도 나를 포기하지 않으셨다.

그 끝까지 포기하지 않으시는

그러나 순종하여 권리는 포기하시는

사랑 앞에, 겸손해진다.

내가 그 사랑을 전하는 것만큼 행복한 일이 있을까.

절절하다.

나를 사랑하는 시간

삶의 쉼표, 가 될 수 있다면. 포근해질 때까지 감싸 안아주는 안식처처럼, 도시 속 숨어있는 산책길 나지막한 바람처럼.

겉과 속이 달라 숨어있는 가시들이 빽빽이 찬 세상에서 나는, 투명한 벽이 되고 싶다. 그 벽 너머는 안전하고 한결 같은. '나는 너를 위해'라고 존재의 이유를 드러낸다. 하지만 감춰졌다가 벽이 투명해져 속을 보게 되어도, 만약 사람들 마음 안에 선善이 없다면 오히려 삶의 가시처럼 느껴질 것이다. 나타나는 것들이, 그 곁에 머무는 사람들에게….

누구 앞에서 투명해야 할까. 정직한 마음. 그것은 나와 하나님께만 드러나는지도 모른다. 은밀해서 사람들은 알아볼 수 없는 걸까. 그 마음은 금방이라도 찢어질 수 있는 얇은 막처럼 하늘거린다. 갑옷을 두른 것과는 달리 열려 있다. 하지만 정직함은 언제나 순수하고 찬엄한 세계를 선물해서, 우리를 늘 평안하게 한다.

사람들은 보통 무엇을 부끄러워할까. 또 감추고 싶은 부끄러움은 뭘까. 나는 그런 게 세상의 시선으로부터 발생한 것이 아닐까 하는 생각을 했다. 사실 '누구'의 시선에 의한 부끄러움이냐가 알고 싶었다. 나약함이나 실패 같은 건 오히려 자랑일 수 있기 때문이다. 하나님 앞에서는…. 타인들을 나보다 낮게 여기고 판단하는 마음의 속임. 이런 것들이 나의 내면에서 소용돌이를 일으킨다. 그럴 때 나는 그 부정직한 것들을 들고 가 그분 앞에 모두 내려놓는다. 내가 사라지게 할 수 없어 사라지게 해주시길 바라며. 다시 평온해질 때까지.

내 인생의 어느 순간, 무엇도 싸워 이겨낼 힘이 없던 때가 있었다. 다른 누구에게 전달하려 해도 전해지지 않아 오직 하나님께만 토로했던 시기였다. 모든 것을 아는 하나님께만. 호의를 베풀어주는 사람들도 나를 진심으로 위한다는 생각이 들지 않을 때가 많았다. 내가 처한 힘든 상황에 공감하지 못한다는 느낌에 그때는 마치 세상과 단절되는 듯한 기분이 들었다. 도움이 절실히 필요했다.

나는 낮아지고 또 낮아졌다. 자존심도 따라서 버려졌다. 자존심은 어느 순간 다시 일어설 힘을 잃고 저 밑바닥에 쓰러졌다. 보호해 주세요, 라며 순간마다 기도가 흘러나왔다. 여러 계절들이 지나갔다. 그 혹독한 시간 동안에 이상하게도 나는 자유로워졌다. 사람들의 시선으로부터. 가장 보잘것없는 존재처럼 느껴질 때, 나 자신이 보석처럼 빛나고 사랑받는 존재임을 알게 되었다. 피하고 숨으려 파고든 품 안에서….

내가 다시 높아진다 해도 나는 나를 사랑해 주는 분 앞으로 나아가겠다. 마음의 바닥까지 깨끗하게 되어 다시 늠름히 서겠다. 마음을 열어 보이지 않아도 모든 사람을 존귀하게 대하겠다. 그렇게 못할 때에는 부끄러워지겠지만, 한 템포 느리게라도 축복을 흘려보낼 것이다.

품 안에서 쉬는 시간은 한 발 물러서는 시간. 다시 겸손하게 나아가기 위한, 사랑으로 채워지는. 내가 통로가 되도록 나 자신을 사랑하는 시간이기도 하다. 따뜻한 물에 몸을 담그듯이 마음을 담가 쉰다. 나를 향한 사랑에. 스스로를 보호하러 가는 곳, 내게 유일한 '쉼'이 되는 바로 그곳으로 간다. 진정한 쉼표가 되기 위해 나는 머물러야 한다.

한참을, 그 그윽한 곳에서….

모퉁잇돌

내 안에 새로운 씨앗이 생겨서, 새로운 이름이 붙여졌다. 새로운 이름이 생긴 것이다. 불리어지는 이름은 같은데, 의미가 다르다.

내 이름 두 번째 글자 '주(周)'의 원래 뜻은 '두루두루'인데, 어느 날 살펴보니 '모퉁이'라는 다른 뜻도 있었다. 세 번째 글자인 '현(玹)'은 '대리석과 같은 고급스러운 건축 자재'란 뜻이 들어 있었다. 둘을 합치면 '모퉁잇돌'이었다.

예수님의 이름이라니! 순간 눈이 커지고, 두근두근 거렸다. 새로운 이름을 받아, 새로운 존재가 된 걸 확인하는 기분이었다.

모퉁잇돌은 영어로는 'cornerstone'인데, 나는 교회 이름 중에도 '코너스톤'을 보았다. 이 말은 보통 모퉁잇돌로 말하고, 머릿돌로도 불린다. 성경에서는 이 모퉁잇돌을 예수님을 이야기할 때 비유하기도 한다. 아니면 '모퉁이의 머릿돌'로 표현된다. 그 안에는 건축자들이 버린 돌이, 모퉁잇돌이 된 이야기가 있다.

버린 돌이 모퉁이의 머릿돌이 된 놀라운 이야기…. 이 이야기는 매번 나의 마음을 흔들어 다시 고르게 한다. 사람들로부터 버림을 받았지만, 그들을 모두 사랑으로 끌어안고 고통을 지나 마침내 부활하신 예수님. 끝내 나에게 샘물 같은 생명과 자유를 주시고, 이름도 선물처럼 안겨주셨다.

성경에서는 교회가 건물로 비유되기도 한다. '교회'라고 하면 제일 먼저 '건물'을 떠올리기 쉽지만, 교회는 한 사람 한 사람이 교회이다. 건물로 비유되는 것은 건물이 세워지듯이 사람들이 함께 지어져 간다는 뜻이다. 그것의 첫 시작과 기반이 되는 반석인 모퉁잇돌 예수님. 내가 그 위에 세워지는 것인데….

예수님의 세계 안에서 나는 그분의 말씀 그대로 살고 싶다. 새로운 이름처럼 새로운 삶을 살리라. 예전의 이름이 옥돌처럼 빛나는 돌이었다면, 나는 이제 예수님 안에서 더 빛나는 모퉁잇돌이 되어 예수님의 마음으로 다른 사람을 세우고 싶다. 예수님 안에서 빛을 비추고 받쳐주는 사랑의 통로가 되리라.

믿어지게 된 시점은 명확하지 않다. 예수님이 나의 죄를 사하시려 십자가를 통과하셨다는 사실이…. 믿기만 하면 되는 소식을 나의 영혼이 서서히 확신하였고, 나는 마음과 입으로 고백했다. 그 고백으로 영원한 생명을 얻었다. 내 안에 심겨진 영원한 생명, 그 씨앗은 날마다 자라간다. 생명이 있으니까. 나의 영혼은 눈이 뜨여가고, 더 세미한 것들을 듣게 된다. 믿음이 깊어져가고, 어느새 사랑의 열매가 맺어진다.

믿음이 있다는 건 두렵지 않은 거라고 한다. 만남이 실체가 된다면 그러지 않을까, 생각해본다. 몇 년 전 몸이 불편했을 때 나는 내 마지막 날이 금방일 수 있겠다 생각했고, 예수님과의 만남도 상상했다.

그런데 나는 아직 준비가 안 된 느낌이었다. 바뀌어 지길 바랬다. 지금 만약 그때로 돌아간다면 많은 감정 중에 떨림이 있을까.

만남에 대한 설레임, 이 가득할 것 같다. 이제는…. 씨앗이라는 사귐의 초대장을 받아 사실, 여기서부터 함께이다. 기쁜 추억을 쌓자, 생명의 통로로 함께. 이름도 같으니, 하나 되어 가보리.

뛰어가 볼까.

안녕하세요? 제 이름은 이, 주, 현입니다.

함께하는 자

내가 머물 곳이 없을 때 집에 오라고 해주셨다. 방을 내어주기만 하는 것이 아니라 겨울날 추울까 봐 난방을 넣어주고 거울 앞 화장대 위에 생글한 꽃도 사서 꽂아주셨다. 빨간 장미 꽃송이들과 하얀 안개꽃이었다. 그전에는 혼자 산다고 반찬을 넉넉히 해서 여럿이 먹고 남은 건 싸 주셨다. 맛있게 먹었다. 차가 없을 때 집 앞까지 데리러 와주고 또 먼 길을 데려다주셨다. 사모님의 헌신과 사랑은 내 마음을 서서히 열어갔다.

처음에는 경계투성이였다. 뾰족한 마음에 질문이 들어오면 방어 태세로 앉아 있었다. 세상을 사는 게 그때는 그렇게 나에게 고됐던 것 같다. 우월감이나 열등감 같은 건 사람을 피곤하게 만든다는 생각이 든다. 모르는 것에 대한 선입견도 그런 것 같아서 나는 특별히 말해야 하는 상황이 아니면 학교 이름은 이야기하지 않게 됐다. 태클을 걸거나 학교 이름으로 나를 부르던 학생도 어른도 있었다. 그들에게는 무엇이 더 커 보였을까. 세상과 하나님 사이에….

나의 정체성은 어떠한 직업도 배경도 아닌, 예수님의 사랑을 입어 살아난 자이다. 껍질을 다 벗기고 나면 마음의 알맹이에는 이거 하나만 남을 것 같다. 나의 초라함과 죄된 것으로부터 건져주신, 나를 불쌍히 여겨 마음에 깊은 사랑이 부어지도록 인도하신 하나님.

삶에 대한 질문을 깊이 있게 해주는 사람이 참 매력적이다. 내가 해외 생활하면서 무엇을 느꼈고 깨달았는지에 상대방의 관심이 있을 때, 마음이 훈훈해진다. 성공은 어느 한 결과물에 있는 게 아니라 하루하루 무엇을 나타냈는가에 있을지 모른다는 생각이 든다. 사랑과 관심을 잃어버리지 않았는지 돌아본다.

겸손에 관한 생각은 결국 예수님에 관한 생각으로 이어진다. 누군가 겸손은 나에 대해 낮추는 것이 아니라 나에 대한 생각을 적게 하는 것이라고 말했다. 또 누군가는 그렇게 하신 하나님을 찬양하는 것이라고…. 나도 언제가 겸손은 스스로 위축되는 것이 아니라 적극적으로 높이는 자세이지 않을까 하는 생각이 들었다. 나를 사랑하신, 사랑이신 하나님을.

길가에 있을 때에도 나를 포기하지 않으셨다. 그 끝까지 포기하지 않으시는 그러나 순종하여 권리는 포기하시는 사랑 앞에, 겸손해진다. 내가 그 사랑을 전하는 것만큼 행복한 일이 있을까. 절절하다.

오늘도 나에게 생명을 주시고, 생명의 길을 걷게 하시는 하나님께 감사한다. 하나님이 함께하는 자, 얼마나 풍성한 이름인가.

보이지 않는 시간

남들에게는 표현하지 못하는 시간이 있다. 나의 깊은 내면에는 다른 시간이 강물처럼 흐른다. 한 주 어떻게 지냈어, 라는 질문에 이야기를 나눌만한 일이나 사건도 없는데 세상의 일들과는 다르게 나눌 수도 빼앗길 수도 없는 기쁨이 거기에 존재한다.

어느 소리를 듣는다. 선장이 잡고 있는 배의 키(key) 같은 소리에 따라 걸음을 떼어본다. 나는 이 보이지 않는 시간을 살아간다.

분주해 보인다. 지금 시간의 한계 안에서 시간을 쪼개어 사는 사람들이. 나는 보이는 분주함 중간중간에 나만 느끼는 물방울 터지는 듯한 명쾌함, 하늘 높이 나는 듯한 고요함, 사막에서 발견한 우물 같은 쉼을 느낀다. 하루를 매일 매일 다른 모습으로 아름답게 메운다. 남들에게는 매일 비슷해 보일 수 있지만 나에게는 매일 다른 소리와 스토리가 있다. 사랑하는 사람을 만나면 시간이 다르게 흐르는 것처럼….

보이는 시간을 도리어 다스리게 되는 것도 같다. 시간이 흘러가 손에서 빠져나가는 모래 같지 않고, 손에 잡히는 듯한 건 시간을 초월하는 함께함을 느끼기 때문일까. 사랑하니까 성실해진다. 바빠지지만 기쁘다. 시간을 내맡기기에 쫓기지 않을 수 있는 걸까. 어제와 내일을 생각하며 더 '큰 시간'을 생각한다. 더 큰 시간, 영원 속에 오늘이 다른 차원에서 흘렀다. 이런 시간들을 표현할 수 있으면.

모든 세상을 운행하는 나의 주 예수 그리스도는 내 첫사랑이다. 노래 가사 중에 "예수 나의 첫사랑 되시네."가 있었다. 처음 들었을 때는 뭘까, 하며 다가오지도 않았었는데…. 사람과의 친밀함이 바로 '행복의 비밀'이라는 연구 결과가 있다. 또 얼마 전에 친밀도는 다른 사람의 마음속에 내 마음을 둘 때 생긴다는 이야기도 들었다. 상대방의 마음이 더 중요해지는. 그 뒤에 어느 노래를 듣는데, 그 순간 깨달았다.

"I've found a friend, O such a friend."

내가 예수님을 알기도 전에 내 마음을 알고 사랑해 주셨지. 내 마음이 타인들에게 거부당하고 거부당할 때마다 예수님은 계속해서 네 마음을 안다 안다고, 내가 듣고 있다 듣고 있다고, 분명히 알려주셨지….

나는 나도 예수님의 마음을 알고, 그래서 친밀해지고 더 알아 더 사랑하고 싶어졌다. 첫사랑이 살아나듯 내 마음이 애틋하다. 보이지 않는 사랑의 끈이 나를 붙들어 밀착시킨다. 완전히 속하게 된다. 한 곳만 보게 되고 그렇게 다른 시간이 깊이 흘러간다.

신비로운 감각들

어제 비가 왔다. 잎사귀에 맺힌 물방울을 가만히 쳐다보면서, 눈으로 보는 모든 것들을 예전처럼 느끼고 싶었다.

하나님께 기도했다. 나의 감각들이 다시 살아나길.

당진 아그로랜드로 출발했다.

지나가는 논밭 물에 비춰진 하늘을 만났다. 실제 하늘보다 푸르스름하고 희미한 듯 물에 그려져 있다. 논밭들의 촘촘한 곡선이 내게로 가로질러 들어온다. 달리는 차 안에서 창문을 열지 않고도 지나가는 모내기의 냄새를 맡는 듯하다.

가는 길, 바다는 안 보이는데 바다 냄새가 나는 휴게소를 만났다. 뜨거운 태양을 피해 파라솔 아래 앉는다. 버블티를 하나 마시면서 마스크를 벗고 바다 냄새를 코로 들이쉰다.

조금 더 이동해 바다를 구경한다. 바닷가 난간에 갈매기들이 앉아있다. 사람이 주는 먹이를 기다리는지 가까이 가도 물러나지 않는다. 갈매기 눈 안에 카메라 조리개처럼 까만 모양과 빨간 모양이 네모인지 세모인지 들어 있다. 물갈퀴의 색이 회색빛도 나고 초록빛으로도 보인다. 세 갈래로 뻗어있는 모양에 무늬낸 고무 같은 감촉일 것만 같다. 만지지 않지만 만져질 듯 갈매기가 거기 가까이 있다. 이렇게 가까이….

물이 빠진 바다에는 다섯 가지 정도의 패턴과 오묘한 색들이 돌과 모래와 물 자국 등으로 나타나 있다. 저마다의 바다의 감각들이 피부에 닿는다. 바다, 바람이 분다.

아그로랜드에 도착해서 펼쳐진 수레국화밭을 본다. 청보라색 수레국화밭 사이사이에 진한 주황색 양귀비꽃들이 듬성듬성 있는 들판. 쭈그려 앉아 보니 멋진 브로치가 될 것 같은 보석 같은 꽃이다. 수레국화에 앉은 벌들도 신기하다. 몸을 구부리고 이리저리 돌아다닌다.

옥수수 같은 꽃들이 있는 곳으로 간다. 형형색색의 꽃밭이 왜 이리 새롭지. 보이지 않던 색들이 보인다. 마침 내 옷 색깔들과 놀라울 정도로 똑같아서 사진을 찍는다.

한 바퀴 둘러보다 타조를 본다. 털이 난 유난히 긴 목과, 비슷한 길이의 다리. 그 사이에 바위 같은 몸이 있다. 타조가 그냥 서 있을 땐 몰랐는데, 그 목을 숙이며 움직이니 철사가 구부러지듯 유연한 걸 알게 된다. 긴 다리와 목인데 뛰는 힘이 멀리서도 강하게 느껴진다.

한 아름의 색깔들과 눈으로 본 촉감들, 신비의 맛들을 담아 왔다.

하나님의 그 신비로운 세계.

다섯 가지 색 이야기

이번 캠프에서 8살짜리 남자아이는 물놀이가 가장 기대된다고 했다. 다음 날 풀장 앞마당에서 함께 물총놀이를 하는 즐거운 시간을 보냈다. 서로 물로 맞춰놓고 도망가는 순수한 기쁨이 있었다. 해가 떨어지고 함께 율동을 하고 찬양을 불렀다. 그리고 그 아이 앞에 앉아 다섯까지 색깔의 구슬을 꿰어 팔찌를 만들어주면서 '좋은 소식' 이야기를 전하는 시간이 왔다.

"노란색은 반짝반짝 빛나는 천국이야. 눈물도 고통도 배고픈 것도 없어. 하나님께서는 우리에게 이 천국을 선물로 주고 싶어 하셨어. 검정색은 사람의 죄야. 화내거나 미워하고 시기하는 것. 마음으로만 생각해도 죄인데, 이 죄 때문에 우리가 천국에 갈 수가 없게 되었어. 그래서 하나님이 안타까워하셨어."

이야기해 주었는데 아이는 빨간색은 불사조라며 불사조의 소리를 낸다. "빨간색은 하나님의 아들인 예수님의 피야. 예수님이 십자가에서 피 흘려 돌아가셔서 우리 죄가 이렇게 하얗게 되었어." 여기까지 말하고 나니 아이가 집중하지 못하는 것 같았다. 그래서 재빠르게 다시 노란색, 검정색, 빨간색, 하얀색을 손으로 짚어가며 이야기했다. 그러니 손을 보며 집중했고, 나는 마지막 초록색을 설명했다.

"봄이 되면 새싹이 푸릇푸릇 생명력이 가득하지? 초록색은 새 생명인데, 예수님이 우리 죄를 대신 지시고 새 생명을 주셔서 우리가 천국에 갈 수 있게 되었어. 예수님을 믿기만 하면 우리는 천국에 갈 수 있어~ 우리 친구도 예수님을 믿어볼래?"

이야기를 전하고 함께 기도하는 시간이 되었다. 선생님이 하는 거 따라 할 수 있는지 물었는데, 산만하던 아이가 씩씩하게 대답했다. 그리고 또박또박 하나하나 끝까지 따라 하기 시작했다. "예수님, 저는 죄인입니다. 예수님께서 저를 대신해서 십자가에 죽으시고 3일 만에 부활하신 것을 제가 믿습니다. 이 시간 제 마음에 오셔서 저와 영원히 함께 해주세요. 예수님의 이름으로 기도드립니다. 아멘." '아멘!'을 아주 크게 하고는 아이는 다시 과자를 먹는다.

이 시간을 위해 기도를 쌓아왔다. 기도로 쌓인 성벽에 안전하게 둘러싸여 축복이 사방으로 벽에 튕기듯 이곳저곳 가득한 현장에서, 나는 하나님께서 마음 문을 여시고 '좋은 소식'의 씨앗이 심기어지게 하는 걸 경험했다. 내 안에 계신 예수님을 전하고 싶다. 예수님은 약한 자의 강함 되시고, 나에게 '위로'를 알게 하신 분이다. 예수님은 인생의 허무함을 넘어 '진짜 사랑'을 알게 하신다. 예수님은 나의 부족함과 한계를 뛰어넘어 일하신다. 참 빛으로 오신 예수님.

짧을 수도 길 수도 있는 인생이지만 예수님께 붙어살아 들려주시는 것에 따라가고, 그분을 누리고 싶다. '초록색'으로 지내다 '노란 곳'으로 가 충성했다고 칭찬받으며 안기고 싶다.

하늘에서 내리는 비처럼

집밥을 먹으면 건강해진다고 한다. 그리고 입맛도 바뀐다고 한다. 너무 짜거나 달거나 기름진 음식을 밖에서 먹으면 속이 불편해질 정도로. 말씀을 생명의 양식이라고 하는데, 매일 집밥처럼 먹으라고 하여서 나는 매일 매일 먹는다.

30대가 되고 나서 성경 말씀을 처음부터 끝까지 하루에 한 장이나 두 장씩 읽었다. 교회 공동체랑 함께여서 가능했다. 그리고 올해 녹음된 파일로 들으며 1년 안에 읽는 성경 통독을 처음 시도해 보고 있다. 조금 더 빠른 페이스로 나아가니 큰 그림이 그려지는 느낌이다. 말씀 앞에 더 오래 머문다.

말씀이 마음에 들어와 새겨지면, 하룻동안 그 말씀이 생각 속에서 피어올라 예쁜 열매를 맺는다. 세상은 시끄럽지만 마음 안에 잔잔하게 흐르는 어느 정원의 물소리가 들리는 것 같다. 그 잔잔함을 잃지 않기 위해 자연스러운 호흡처럼 기도를 한다.

매 순간 우리가 호흡해야만 살 수 있듯이 기도로 하나님 안에서 살 때 우리도 살고 생명이 흘러간다. 가끔은 기도하며 예수님을 부르기만 할 때도 있다. 침묵하며 바라보기만 하기도 한다. 이야기하듯 할 때도, 그냥 말씀을 통해 들을 때도 있다.

이 호흡을 하다 보면 마음이 있어야 할 자리로 간다. 사랑과 경외심의 자리로. 내 안에 예수님이 다시 왕이 되어주시는 것 같다.

공간 사이사이, 소리 사이사이에 계시는 것 같은 예수님.

내 삶의 주인으로 고백하고 나서, 즉 예수님을 영접하고 그 보혈로 하나님께 나아갈 수 있게 되고 난 후, 말씀의 달콤함과 말씀으로 듣는 아침 마다의 '새로움'을 알게 되었다. 그 새로움은 기도 안에도 있다.

기도는 신비롭기도 하다. 새벽에 교회에 가서 기도하고 나면 피곤하면서도 너무 기분 좋은 만남을 하고 온 듯, 머리도 마음도 리셋(reset) 된다. 하루를 돌아봤을 때 정말 나만 알고 있는 작은 기도도 가까이에서 들어주시고 응답하시는 살아계신 하나님을 경험하면, 나를 알아주시고 보고 듣고 계심에 감동이 된다. '행복'이 얼굴에 묻어나온다. 그리고 믿음은 플러스 원이다. 놀라우신 하나님과 거닐면, 그 순간만큼은 세상이 부럽지 않다.

세밀하고 부드러운 주님의 음성을 무엇으로 표현할 수 있을까. 너무 듣고 싶어, 시끄러운 마루에서의 소리를 피해 방으로 들어오게 하는. 다른 사람을 통해 들을 때는 마치 여름 날 밤 루프탑에서 맞는 선선하고 달큰한 바람처럼 다가온다. 그 잔잔하지만 에워싸는 주님의 음성. 어제에 이어 들려지는 새로운 이야기는 '은혜'라고 밖에 할 수 없다. 가장 필요한 때에 하늘에서 내리는 비처럼….

나에게 처음에 교회는 어려운 곳이었다. 하지만 이제는 내가 교회이기도 하다. 일상에서 서로 말씀과 기도로 주님과의 교제를 격려하며 매일 친밀한 기쁨을 누리는 삶은 뜻을 이루시는 주님과의 '동행'이라는 이미지가 되었다. 이 관계를 누려야 연합도 일어나고, 사랑이 흘러간다.

Back to basics. 늘 처음의 마음을 잊지 않고 기본에 충실하자. 밥 먹고 호흡하며, 귀 기울이고, 마음이 따라가도록 마음을 드린다.

다른 목소리가 아름답다

찬양 축제에 참여했다. 나는 음역대가 소프라노이지만 그때는 알토를 하고 싶었다. 소리 내는 법을 몰라서 고음이 어렵다고 느껴졌고, 화음을 넣는 게 아름다워서이다. 화음을 넣을 수 있는 사람이 되고 싶었다. 같은 음을 동시에 내는 것도 멋지지만, 화음이 들어가는 순간 노래의 세계가 바뀌는 것 같다.

성가대에 설 때에 소프라노도 했다가 알토도 했다. 낮은음은 소리가 튀지 않지만, 화음을 낼 때의 소리가 좋아서 나는 자주 누군가와 함께 찬양을 부르고 싶어 했다. 연습이 끝나고 예배에서 찬양할 때는 그 화음을 이루는 음들이 단순한 소리가 아닌, 한데 모아져 우리의 존재와 마음을 드리는 모양으로 느껴진다. 그럴 때마다 찬양 속에 하나님이 함께하시는 것 같다.

오래전 남동생과 함께 여행하면서 같이 노래를 부른 적이 있다. 둘 다 화음을 넣어본 적이 없어서 한번 시도해 보기로 했다. 처음에는 잘 안 됐는데, 몇 번 하다 보니 제법 맞춰졌다. "오! 되네!" 무척 기뻤다. 우리는 노래를 불렀고, 우스꽝스런 노래도 만들었다.

길에서 무언가를 기다리며 서 있는데 택시가 엄청 많이 지나갔다. 남동생이랑 '택시'라는 가사로 즉흥 노래를 만들어 불렀다. 단순한 음이지만 리듬이 어깨를 들썩이게 했다.

혼자 살 때 다른 파트를 녹음하고 합쳐서 노래를 만들기도 했다. 시간을 내어 혼자 녹음하고 가족한테 자랑했다. 최근에 깨달은 것은 남자랑 여자의 목소리가 달라서 같은 음을 내도 화음 같은 효과를 낸다는 사실이다. 특히 잘 어울리는 목소리가 있다는 것을 알았다. 목소리의 결이 특별히 맞는 사람이 있는 것 같다. 남성의 목소리에 여성인 내 목소리가 얹혀질 때 각자의 목소리가 더 매력적으로 느껴지고 신기했다.

아름답게 어우러진 소리를 가장 기뻐하지 않으실까. 하나님께서도!

세상이 줄 수 없는 기쁨

앰뷸런스 사이렌 소리가 유난히 특별하게 들려왔다. 지나가는 소리가 아니라 하나님의 '긴박함'으로 들렸다. 각각 다른 날 두 번씩이나. 그 긴박함을 느끼기 바로 얼마 전 너무 아픈 상황을 겪었다. 손가락 화상으로 병원을 급하게 찾아다녔는데 사람들이 태연하고 사무적인 반응을 보였다. 그런 상황이 되니 주변에 알고 있던 사람들이 진심과 사랑이 없을 수도 있다는 것을 알게 되었다. 어쩌면 그들은 사랑을 많이 알지 못하는지도 모른다. 이건 조금 다른 이야기지만, 그 후로 나에게는 넘치도록 사랑이 부어졌다. 넘치도록, 흘러갈 정도로…. 하나님은 참 대단하시다. 예수님을 닮아간다는 건 그 사랑 안에 거하는 것 같다.

결국 화상 전문 병원을 찾아갔다. 진료 대기 시간 동안 치료를 받으며 너무 아파하면서 우는 아이의 소리를 들었다. 그 소리에 마음이 아팠다. 그때 다시 깨달았다. 이렇게 아파하고 있는 사람들이 정말 많지. 몸이 아플 뿐 아니라 영혼도….

그 순간 내 마음속에 품었던 사람들이 떠올랐다. 예전에 그들이 어려울 때 함께했었던 게 생각나서 바로 오랜만에 이곳저곳에 연락했다. 그런데 그때는 몰랐던 다른 길로 하나님께서 나를 인도해 주고 계신다는 사실을 뒤늦게 알게 되었다.

몇 달이 지났다. 컴패션이라는 NGO 기관에 대해 알게 되면서 알 수 없는 눈물이 흘렀다. 머리로는 이해를 못하지만 마음으로 울었다. 감동적인 영상을 볼 때 사람들은 눈물을 많이 흘린다. 나는 그것에 감정만 따라가지 않으려고 이성적으로 의도를 파악하며 보는 습관이 생긴 것 같다. 그럼에도, 그럼에도…. 내 마음이 울었다.

마음이 뒤흔들렸다. 함께 울고 함께 웃는 시간을 통해. 컴패션(Compassion)과 함께 지내는 동안 우리는 같이 울고 웃으며 사랑과 도전을 받았다. com '함께' passion '아파하다'. 바라던 대로 부어지는 마음이 깊이 느껴졌다. 모든 걸 알고 함께하는 마음….

물질적인 가난은 더 많은 가난을 낳는 걸 알게 되었다. 가난 속에서 희망을 잃게 만드는 거짓된 메시지들에 아이들이 노출되어 있는 걸 보았다. 그러다가 컴패션을 통해 결연이 되면서 아이들이 그 속에서 희망을 발견하고 꿈을 꾸기 시작하는 모습을 봤다. 하나님께서 내 삶에 계시니 특별하다고 고백하는 모습. 온라인으로 만난 인도네시아 여자아이가 노래를 부르는데 아침 점심 저녁 감사하다는 노래 가사였다. 그 아이가 너무 예뻐 보였다. 그런데 그렇게 바라보는 나의 시선이, 나를 바라보셨을 하나님의 시선과 오버랩되었다. 순간 눈물이 났다. 아침 점심 저녁 감사하며 찬양 부르던 내 모습을 너무 기뻐하셨겠구나…. 깊은 위로를 받았다.

마음이 계속 뒤흔들렸다. 체휼體恤하시는 하나님의 마음으로 깊이 울다가도, 나와 함께 하는 친구들과의 연합에서 느끼는 기쁨이 또 너무 커서 방이 떠나가라 웃었다. 이번에는 웃음으로 마음이 바뀌어 버린 것이다. 돕고 섬겨야지 하는 마음으로 컴패션에 대해서 알려고 갔는데, 나를 향한 하나님의 계획이 거기에 있었다. 전인적인 양육에 대해 배우면서 나의 참 부모 되시고 양육자 되시는 하나님 아버지께서 나를 영적으로뿐만 아니라 신체적, 정서적, 사회적으로 키우실 거란 것에 대한 믿음이 생겼다. 그리고 곧바로, 사람들과 합숙하고 공동체 생활을 하면서 많은 칭찬과 사랑의 언어를 들었다. 교회 밖에서는 듣지 못했던 마음으로부터 나와 사랑이 느껴지는 말들이었다. 하나님께서 나를 사랑하시고 타인도 나를 사랑한다고 알려주시는 것 같았다.

진짜 사랑은 자유를 준다. 그것을 경험한 걸까. 그런 귀염받는 분위기에서 나는 더 자유롭게 나에 관한 이야기를 나눌 수 있었다. 미국에서의 생활과 한국에 들어와서 달랐던 생활에 대해 나눴다. 참 신기하게도 그 이야기를 나누고 일상의 자리에 돌아왔을 때, 용기가 생겼다. 미국에서처럼 주체적으로 능동적으로 움직이기 시작했다.

'함께함'에 대해 알게 되고 나니, 함께 울고 함께 웃고 싶어졌다. 손과 발을 사용해서 사랑하고 싶다는 예전의 마음과 겹쳐…. 나도 한 인도네시아 아이의 손을 잡아주게 되었다. 그 아이에게 사랑이 흘러가길 바란다. 그리고 같은 마음으로 함께 우는 이들과 나누며, 세상이 줄 수 없는 기쁨으로 웃고 싶다. 하나님의 마음으로 하나님과 함께할 때 느끼는 기쁨. 하나님 안에서 서로 함께할 때 피어오르는 기쁨.

진리의 빛

　문화가 만들어지고 보존되는 이유는 그 속에 사람이 간직하려는 가치가 있어서인 것 같다. 문화에 무언가 변화를 일으키려면 사람들이 경험해 보지 못했거나 잘 알지 못하는 가치를 알려 주어야 할까. 내가 지니고 있는 가치관을 어떻게 표현할 수 있을지, 표현한다고 해도 그것이 어떤 변화를 일으킬지….

　어쩌면 우리는 이미 다 알고 있는데 잊어버린 걸지도 모른다. 어린아이들이 다른 모습이어도 함께 노는 것을 배우면서 자라듯, 우리도 서로 경쟁하는 것이 아니라 품으며 화합하고 함께여야 한다는 사실을 이미 알고 있을지도. 동물과 식물과도 대화를 나누듯 마음이 열려 지내던 어린 시절이 아득히 멀게 느껴질지라도 순수한 때로 돌아가고 싶고, 돌아가야만 하는지 모른다.

　거세 보이는 이기심으로부터 출발된 물질과 명예에 대한 가치는 이미 사회에서 큰 강을 이룬 것 같아 보인다. 그와는 다른 가치를 가지고 사는 한 명의 그리스도인의 모습은 하나의 새벽 이슬 같은 물방울이 될 수 있지 않을까. 작은 물방울일지 몰라도 물방울들이 모인다면 큰 물줄기를 만들 수 있을 것이다. 그런 물방울이 될 수 있는 유일한 길은 그리스도에게로 나아가는 것뿐. 우리는 변질되기 쉽고, 생명이 없이는 풀같이 시들 수밖에 없는 존재이기 때문이다.

예수님을 알기 시작하면 삶에서 목표와 사명이 생기는 것 같다. 사명이라는 건 어떤 보여지는 일을 이룬다기보다는 겸손하게 예수님과 지내는 걸지도…. 처음도 감사하게 되고 마지막도 감사하게 되는 삶. 내가 하는 것도 없고, 혼자 할 수 있는 것도 없어서. 마지막이라고 생각하는 죽음 앞에서, 영원함을 믿으며 출발하는 것에 대한 기대가 있을 것이다. 그랬으면 좋겠다.

나는, 그래서 제대로 살고 싶다. 한 사람을 변화시켜 일으킬 수 있는 힘이 나에게는 없을지 몰라도, 나를 통해 하나님께서 일하신다고 믿는다. 방법은 모를지라도, 은은하게 내 안에 오신 주 예수 그리스도로 인해 '평화'를 풍기고 싶다. 감출 수 없는 기쁨이 미미하게 얼굴에 나타났으면 좋겠다.

대학교 때, 종교가 전쟁을 일으켰다며 기독교를 비판하던 기숙사 친구가 있었다. 그 이야기를 듣고 종교를 갖는 것이 중요한 게 아니라, 결국은 하나님을 만나 한 사람의 마음이 바뀌어야 한다는 결론을 내렸다. 본회퍼가 말한 것처럼 기독교는 종교 이상의 것인 것 같다. 바로 하나님과의 만남. 그렇게 하려면 예수 그리스도의 진리가 전해져야 한다는 생각이 들었다. 예전에 내가 대상이었다는 건 모르고 그랬는데, 점점 내 마음이 하나님 말씀의 진리 안에서 많이 바뀌어 갔다.

진리인 말씀을 마음으로 진실하게 대면할 때 하나님을 만나며 알아간다고 한다. 대면하면서 알게 된 진리. 하나님의 형상대로 지음 받았기 때문에 우리가 소중하며, 그렇기에 스스로를 존귀한 존재로 인정한다면 얼마나 황홀할까. 우리 모두에게 재능을 주셨는데, 그 이유는 그걸 통해 하나님의 영광을 나타내고 이웃을 돕기 위함이라는 걸 알게 되면 나누어 주는 기쁨이 가득한 이타적이고 능동적인 삶을 살 수 있을 것 같다. 이 모든 것이 십자가에서 우리를 구원하신 하나님의 사랑을 깨달아 알아 그 확신 속에서 사랑을 누리며 걸을 때 일어날 일이겠지. 그렇게 햇빛을 비추는 달과 같이 세상을 향해 진리의 빛을 반사시키며

길을 걸을 때, 내 안에 흘러넘치도록 채워지는 생명이 있겠지.

나의 삶보다 중요한 주의 사랑….

내게 삶은 그런 순간들로 이루어지면 좋겠다.

일곱 개 이미지, 색

나는 사람을 가끔

내 이름을 부르는 소리로 기억한다.

"엘리~"라고 부르는 쾌활하고 반가운 인사.

'너를 만나서 정말 기뻐'하는 마음이

한마디의 인사에 다 들어 있다.

나도 그런 인사를 남에게 하고 싶다.

파리의 모네 그림 한 점

파리는 흐린 하늘과 회색 빛깔의 건물들이 잘 어울리던 운치 있는 곳이었다. 그곳에서 처음으로 모네의 그림을 봤다. 그 그림들이 도시와 연결되어 생각난다. 아니, 한편으로는 도시를 벗어나 프랑스 시골 자연 풍경 속에서 본 것 같은 느낌이 든다.

여름 동안, 어느 박물관 세 개를 돌아다니며 모네 작품들을 봤다. 둥그런 공간의 한 벽을 길게 차지한 유명한 연꽃 작품도 보고, 작은 캔버스의 희미한 도시 그림도 봤다. 내 눈길을 끈 작품은 몇 층이었는지 잘 기억이 나지 않지만 박물관 동선의 어중간한 층에 있었다. 작은 방에 들어와 높이 걸려 있는 그림을 보는데, 빛나 보였다. 조명에 비춰서인지 유화의 반짝임 때문인지. 그림 작가의 시선이 아래서 위를 향하고 있었고, 실제 작품도 높이 걸려 있어서 고개를 올려 쳐다보았다.

큰 붓 자국이 아래 부분에 큼직큼직하게 찍혀 있었다. 얼굴이 조그맣고 표정은 안 보이는 사람이었나. 치마랑 언덕 위에 꽃이나 풀이 바람에 날리는 장면이었을까. 한 장면을 가지고 와 아름답게 그림 위에 뿌려놓았다. 파스텔 톤의 붓 자국들로. 그림 속으로 가까이 다가가는 느낌이다.

모네 그림이 이렇게 입체적이고 칼라풀 했다니. 그때 내가 인상주의(impressionism)풍의 그림을 좋아한다는 걸 알게 됐다.

따뜻하고 자유롭고 서정적인 느낌이 들던 그 작품의 이름을 나는 모른다. 빛을 찍어낸 듯한 붓의 감촉만 내게 남아있다.

가스펠 송

보라색 조명의 무대. 보라색 드레스를 입은 숙녀들과 정장을 입은 신사들이 모여 있다. 계단 형식의 무대 위에 층층이 서 있다.

큰 무리가 음악에 몸을 좌우로 흔드니 물결이 흐르는 듯한 움직임을 만든다. 다양한 인종과 나이의 사람들이 기쁘게 노래를 부른다. 무대에서도 무대 앞, 일 층과 이 층에서도 감사의 노래가 흘러나와 공간을 채운다. 아니, 공간을 넘어 노래는 막힌 데가 없이 트여 더 넓게 나아간다.

듀엣으로 나온 두 사람이 하얀 치아가 보이도록 크게 웃으며 찬양한다. 즐거움을 드러내 보인다. 때론 심취해 인상을 쓴다. 그러다가 다음 곡이 나올 때 무리로 쏙 들어간다. 찾을 수가 없을 정도로 무리에, 다시 묻힌다.

찬양이 끝났는데, 관중석에서 소리가 끊기지 않는다. 두 손을 높이 들고 기도하는 소리가 뒷모습들에서 들리는 것 같다. 감격에 겨운 보랏빛 소리가 높이 올라간다. 평안한 박수갈채로 곧, 서서히 연해진다.

패션 그 너머에

그림 한 점에 숨어있는 디테일. 어떤 사람의 패션(fashion)을 오래 보다 보면 그런 디테일을 찾는 재미가 있다. 이쪽 끝의 색이 저쪽 끝의 색과 같다. 그림 한 폭을 몸 위에 두른 듯하다.

옷을 다르게 입으면 신분이 바뀌고 인격이 바뀌는 것처럼 느껴질 때가 있다. 기분과 자세, 행동도 변한다. 그래서 그리스도의 옷을 입으라는 건가, 하는 생각이 든다.

반대로 내 안에 있는 것이 말과 행동으로 나타나듯 패션으로 표현되기도 한다. 무의식적으로 아침의 기분에 따라 옷을 고르고 입는다. 내 마음이 옷에 투영되고, 속과 겉이 어느 정도 일치되는 것이다.

예외도 있다. 최근에 마음과 행동이 입은 옷과 분리가 되는 경험을 했다. 하루는 자주 입던 바지 대신 고급스러워 보이는 원피스를 입고 예전에 즐겨 신던 빨간 신발을 신었다. 그 신발을 자주 신었을 때는 지금과는 다른 생활을 하던 때였는데, 문득 그때의 마음가짐이 돌아오는 것도 같았다. 하지만 그때와는 달리 하나의 경지를 뛰어넘었다는 생각이 들었다. 내 마음이 다른 이들을 위하고 하나님을 사랑하는 데만 쏠리다 보니, 나의 실제 모습에는 신경이 쓰이지 않았기 때문이다. 오히려 사람들이 내 옷이나 신발에 집중하거나 코멘트 하는 것이 불편하게 느껴질 정도였다.

어느 순간부터 내면의 아름다움이 더 빛나길 바라게 되었다. 옷을 잘 입더라도 어떤 옷이냐에 상관없이, 따뜻함을 입고, 사랑을 입고, 예수 그리스도를 따라 낮아짐을 입어야겠다는 생각이 들었다. 그건 곧 기쁨의 옷이겠지.

오늘도 예쁜 감사의 허리띠 하나 둘러야겠다.

어릴 적 입던 옷들을 정리해 봐야겠다는 생각이 들었다. 나이에 걸맞은 성숙함과 리더십, 책임감을 드러내는 옷이 있을까 둘러보았다. 서랍장에는 이제는 입지 못해서 넣어둔 옷들이 있었다. 지금은 너무 짧고 딱 붙을 것 같지만 나는 그대로 두었다.

그 시절의 좋은 기억을 간직하고 있기 때문이다. 그때 내 몸의 가벼운 움직임이나 함께 했던 사람들이 생각난다.

내면의 아름다움이 훨씬 중요하다고 여기면서부터 액세서리에 대해 생각해 보았는데, 돌아보면 그 안에 추억이 새겨 있다. 단지 귀여운 액세서리일 뿐인데도 그 안의 무언가가 한 장면을 떠오르게 한다.

풀장의 물 아래에 있는 것 같은 공간. 수영장 특유의 파란색 벽에 조명도 파랗고 밝아 물이 없지만 정말 물속에 들어온 것 같은 기분을 주었다.

어느 한 일본 박물관의 풍경이었다. 풀장 위에서 지나가기도 내려다보기도 하는 뿌연 사람들을 올려다보았다. 벽에 기대어 신비로운 파란 빛 속에 함께 왔던 이들을 보고 그 물속 같은 자리에서 사진을 찍었다.

박물관에 도착하기 전 기차를 타고 이동할 때부터, 내 가방에 달려있는 액세서리에 대해 내 맞은편에 기차가 가는 반대 방향으로 앉아 있던 사람이 물었다. 이것을 떼어내면 뭔가 허전하지 않으냐고 액세서리를 감추며 물었더니, 그 사람은 웃으며 "그렇네"라고 대답했다. 풀장 아래 장소에서 찍은 사진 속에도

이 액세서리는 퍼렇고 차분한 빛을 맞으며 가방에 달려있었다. 그 액세서리와 함께 여행을 가서 보았던 풍경과 그 나라의 정서가 가물거리며 생각난다.

'쇼핑'이라고 하면 나는 가장 먼저 옷이 떠오른다. 옷에 대한 소비 습관이 바뀌어 쇼핑을 덜 하게 되었다. 지나가면서 구경할 일도 없고, 아예 옷가게를 가지도 않게 되었다. 그런 시간이 길어지면서 쇼핑을 거의 안 하게 된 것도 있고, 편한 옷만 입게 되다 보니 그런 것 같기도 하다. 옷으로 위안을 삼거나 나 자신을 드러내려는 것을 하나둘 내려놓게 되었다. 패션은 어쩔 수 없이 사치를 떠오르게 한다. 어떤 아름다움과 창의성을 나타내는 것도 좋지만, 내가 중요하게 생각하는 생명의 가치에서 패션은 큰 역할을 하지는 않는 것 같다.

한번은 내가 입은 옷이 멋지긴 하지만 움직이기 불편하고 뭔가를 묻히는 것에 신경을 쓰는 나 자신을 본 적이 있다. 그날 경사진 언덕에서 모르는 한 사람이 핸드레일을 붙잡고 힘겹게 내려가고 있었는데, 순간 내가 입은 옷 때문에 다가가는 걸 망설인 적이 있다. 옷을 편하게 입었으면 얼른 가서 도와주었을 텐데…. 그날 이후로 나는 옷에 대한 가치를 예전보다 낮게 측

정하기 시작했다. 고급 의류매장을 지나가면서도 그곳에서 일하는 사람들이 눈에 더 들어왔다. 점점 걸치는 것보다 몸이, 그리고 영혼이 중요하다고 느꼈다.

마음이 바르다면 선물로 주신 자연이나 사람이 만든 음악과 그림을 누리듯이 옷도 알맞은 균형 안에서 그럴 수 있을까. 내가 살 집을 꾸미듯이 나 자신을 패션이라는 한 요소로 덧입힐 수 있을까.

패션은 문화 속으로 들어가는 다리의 역할도 하는 것 같다. 소속감도 준다. 그것으로부터 자유롭다면, 즉 패션에 의해 내가 정의되지 않고 나의 근본이 흔들리지 않는다면, 그 자체를 누리는 게 가능할 것 같다. 천의 촉감과 색의 아름다움을 순수하게 볼 수 있을 것이다.

누군가를 볼 때 눈에 처음 들어오는 것 중의 하나인 '겉'옷이 만약 어느 존재를 투명하게 나타낸다면 다 왕자와 공주가 입는 옷이어야 할 것 같다. 한번은 잠옷을 입은 채로 내 머리에 씌워진 왕관과 내 어깨에 둘러진 로브(robe)를 상상해 보았다. 나의 존재는 그렇게 내게 왕관을 씌우고 가운을 둘러준 하나님의 손길과 연결되어 있다.

과도하거나 허름한 패션으로 진정한 것을 가리지 않게 해야
겠다는 생각이 든다. 패션 너머 순수한 그 자체의 아름다움을
볼 수 있게끔….

귀를 기울이면 들리는

사람은 누구에게나 그리운 맛이 있다고 한다. 특히 집에서 떨어져 있을 때 몸이 아프거나 마음이 외로울 때, 어머니가 보고 싶을 때···. 그런데 나는 좀 달랐던 것 같다.

어머니가 해준 음식이 생각이 나면 전화해서 레시피를 알려 달라고 했다. 그리고는 음식을 요리해서 먹었다. 특히 건강하게 먹는 것에 신경을 썼다. 타국에 있으니 여러 나라 음식을 먹었는데, 의외로 다양한 맛이 입에 맞았다. 집 레시피 대로 요리하려면 멀리 한국 마트에 가야 했는데 재료비가 많이 들었다. 현미 쌀로 밥을 짓고 멸치볶음을 해 먹고, 고기나 생선을 1인분씩 사서 야채랑 구워 먹었다.

어머니나 고향이 그리울 때 그 음식이 생각난다는데, 나는 어머니에 대한 그리움과 음식이 별개였던 것 같다. 오히려 음식보다는 상을 차려주는 손길이 그리웠다. 식탁에 앉아 있으면

접시를 가져다주는 따스한 손길. 또 아침에 방에서 조용히 있을 때 부엌에서 나는 소리가 들리는 게 그리웠다. 함께 있다는 걸 알려주는 그 소리가 잊어버리고 있던 마음의 공간을 채워줬다.

쓰르라미 소리일까. 한 마리가 울기 시작하더니 소리가 점점 웅장해진다. 그러다가 어느새 힘이 빠지듯 소리가 다시 줄어든다. 내 핸드폰에는 쓰르라미나 여러 새 소리 같은 창밖에 들리는 소리가 녹음되어 있다. 새는 보이지 않는데, 우는 소리가 반가워서 기록한다. 한번은 우는 소리로만 새를 검색해서 찾은 적도 있다.

나는 사람을 가끔 내 이름을 부르는 소리로 기억한다. "엘리~"라고 부르는 쾌활하고 반가운 인사. '너를 만나서 정말 기뻐'하는 마음이 한마디의 인사에 다 들어 있다. 나도 그런 인사를 남에게 하고 싶다. 이상형을 이야기할 때 외모는 잘 모르겠는데, 목소리가 좋은 사람이면 좋겠다고 할 때도 있었다. 다른 나라의 언어를 배울 때는 뜻을 알기 전에 음악처럼 소리로 들었다. 사람에게서 나오는 소리가 자연소리에 못지않게 아름답다. 나에게는 맛이나 냄새보다도 소리가 존재를 떠오르게 한다.

오늘 아침에 일어나서 들은 성경 말씀 소리는 내 영혼에 힘을 주고 나를 감싸주었다. 눈을 감고 침대에 누운 채로 들은 소리…. 나에게 말씀하시는 하나님의 존재를 생각하게 한다. 성경에는 어느 왕이 '듣는 마음'을 구하는 장면도 나오는데, 사람들의 이야기를 들을 때 나는 때때로 이 마음을 구한다. 내 이야기를 들어주기만 해도 고마울 때가 많았다. 그래서 나도 잘 듣는 사람이 되려고 한다. 집중하다 보면 자연히 그 사람을 쳐다보기보다는 귀를 기울이게 된다. 지금 듣고 있는 것을 상상하느라 마음이 바쁘기도 하다. 그렇게 귀 기울이면 조금 더 마음이 느껴지는 것 같다.

소리는 레시피도 없을 텐데…. 지금도 울고 있는 쓰르라미 소리를 나중에 다른 곳에서 듣는다면, 지금 여기에서 타자를 치며 웃고 있는 나를 떠오르게 할 것 같다.

공중에 뜬 나의 두 발

나는 발레를 어려서 배우지 않고 대학원 때 배웠다. 처음 춤을 배운 건 대학교 때이다. 원래 어렸을 때 음악이 나오면 리듬에 맞춰 몸이 자동적으로 들썩거렸고, 지하철에서 서서 기다릴 때도 머릿속으로 상상하며 춤을 췄다.

대학교 때 Red Rover 공연 오디션을 보게 되었다. 그때 춤 동작을 보여주면 따라 하는 게 있었다. 그리고 아무 춤이나 음악에 맞춰 자유롭게 추라고 해서 추었다. 발을 쭉 뻗어가며 키도 길게 늘리고, 너무 즐거워하며 추었다. 누가 나를 보고 감탄사를 짧게 내뱉는 소리를 듣고 웃었다. 도전하는 것 자체도 흥분되는데, 그때 그 넓은 스튜디오 공간에서 신나 했던 기억이 아른거린다.

자유로운 시간 속에서 도전들이 많았다. 오디션에 합격하고 나서 춤 동작들을 배웠고, 하루는 안무를 짜 보라는 말을 들었다. 춤을 만들어서 여러 댄서 앞에서 선보였다. 즉흥적인 면도 있었다. 밖의 특정한 장소에서 하는 공연(site-specific perfor -mance)이었다. 그래서인지 특이한 동작들이 많았다. 언덕에 서부터 춤을 추며 나무를 돌아 여러 겹 입은 옷을 하나씩 벗어 가며 큰 직사각형 분수대까지 내려갔다. 물가에서는 내가 짠 안무가 선정되어 그대로 하였다. 손 하나를 물 위에 쓸고 따라 가 발 하나도 물을 쓸어 앞으로 튀기는 동작이었다. 까만 바지 와 빨간 상의를 입고 있었다. 결국 물 안에 들어가서 파트너의 몸에 기대어 중심을 잡기도 하고, 두 사람이 한 사람을 받치는 동작도 있었다. 물을 양손으로 치기도 했다. 처음 해보는 춤 공연은 그렇게 특별했다. Red Rover가 공연의 이름이었는데, 의미도 동작의 뜻도 모른 채 외국인들과 함께 춘 춤이 즐거웠 다.

그 후로 탭댄스와 재즈댄스, 쇼셜댄스, 발레도 배웠다. 한 수업에서 스튜디오 한쪽 끝에서 반대쪽까지 깡충깡충 한발씩 뛰어오르며 가는 연습을 했다. 그때 두 발이 공중에 동시에 떠 있는 순간이 너무 기분이 좋았다. 흰머리의 나이가 지긋한 선생님도 나를 눈여겨보시는 것 같았다. 보고 나서 학생들에게 무언가 다시 설명을 해주셨다.

바닷가에서 손 짚고 옆돌기(cartwheel)도 하며 재밌게 지냈던 추억이 떠오른다. 다시 춤을 추고 싶다.

음식에 대한 취향

음식에 대한 취향이 유별나지는 않다. 소화가 잘되는 음식을 주로 먹다 보니 먹는 음식이 자연스럽게 정갈해졌다. 기름기 빼고, 밀가루도 빼고, 매운 것 짠 것 빼고도 맛있는 게 많다.

그래서인지 과일 하나도 너무 맛있다. 복숭아는 신기하게 입에 들어가는 순간 물로 변하는 것처럼 느껴진다. 딸기를 베어 물면 속에 실같이 느껴지는 것들이 나를 웃게 만든다. 귤은 손으로 때리고 나서 먹으면 왠지 맛이 더 단 것 같다. 땅에 뿌린 씨에서 이런 것들이 자라나는 게 신기하다.

요리해 먹을 때는 재료 갖가지 맛의 조화를 생각한다. 복잡해지면 어려워서 몇 가지로만. 복잡한 비밀 특제 소스 같은 건 없고, 밍밍하게 먹다 보면 재료 속에 있는 맛을 보게 되는 것 같다. 장을 보는 게 즐거운 이유도 그냥 재료들 자체의 싱싱함을 보는 게 좋아서이다.

문득 피식 웃음이 난다. 사람도 그 사람의 원재료의 맛을 알아야 하겠다는 생각이 든다. 딸기의 윤기 나는 표면과 움푹 들어가 박혀 있는 씨들. 이것들도 비할 수 없는 감촉과 색을 나타내는데, 하물며 한 사람이 가지고 있는 여러 가지 맛들은 얼마나 오묘하고 깊을까.

과일을 보기만 할 때는 그 맛을 알지 못한다. 이처럼 사람의 원재료의 맛이 누군가의 선입견으로 가려질 수 있다. 음식 재료만의 맛을 좋아하는 것처럼 사람 본래의 모습을 알고 싶다.

영혼을 울리는 노래

캘리포니아주 낮은 언덕길에서 내려오는 차 뒷자리에 앉아 있는 나. 기분 좋은 날 하루 속에 이어지는 순간들을 모든 감각으로 만끽하던 시절이었다. 탁 트인 시야에 금색 빛이 사방에 비추는 걸 보며 자동차 창문을 조금 열고 바람을 맞는다. 어느 순간부터 내 안에서 흘러나오는 노래. 한 절 한 절 만들어가며 부른다.

음에 음을 이어 잇는. 작은 돌멩이가 수면 위에 떨어져서 퍼지는 파문처럼, 소리가 공기 중에서 파동처럼 나아가다가 내 귀로 돌아온다. 살아있는 음색이 공기에 채워지는 순간, 내 영혼에서도 떨리듯 울려가 채워지는 느낌이다.

음을 띄워 만드는 노래로 어린아이처럼 나는 순간의 기쁨,

창작의 환희를 느낀다. 이 모든 것에 대한 환성歡聲이 나만의
곡이 되어 나올 때, 내가 기쁨에 더 가닿는다.

잠시 바람 소리뿐.

곧 이어간다.
음에 음을, 허밍으로.

찾아오는 기쁨의 선물

소리가 울리는 샤워실 안에서 노래를 부른다. 처음 듣는 음
이 내려왔다 다시 올라가며, 내려왔다 다시 올라가며. 투명한
노래 천장에 닿았다 잠시 내려왔다가 한다. 숨길 수 없는 기쁨.
올라가, 올라가. 밖의 세상에 지쳐도 샤워 부스 안에서는 기쁨
의 소리가 끊임없다.

가끔 선물처럼 찾아오는 노래를 부르고, 부르는 내 목소리를
듣는다. 나도 모르게 내 입술이 부르는 노래를 내 귀가 기울여

듣는다. 마치 출처를 알지 못하기라도 하듯이. 내 영혼이 살짝 반가워 놀라다가 평온해져 간다. 밤, 샤워실 안에서 부르는 노래가 하루를 부드럽게 닫아준다. 멈출 수 없는 기쁨이 해석을 넘어 뿜어져 울린다. '밤'중의 이해할 수 없는 희열이 나를 영원 속으로 초대한다. 어둡게 보이던 드리워진 밤 속 축복의 시간.

밤에 찾아온 이 선물로, 오늘이 노래가 된다.

달려가 만지는 위로

새벽, 마이크를 붙잡고 앞을 향해 보며 찬양을 부른다. 새벽 예배 소리가 전파를 타고 달려간다. 하나님만 바라봐 연결되어 사랑을 전달하는 소리가 되게 해주세요, 라며 마음 뒤에서 기도한다. 나와 청중이 인도자를 따라 부르는 소리는 미지의 세계, 영혼을 울리는 소리의 세계. 세상이 차단되고 주님 앞으로 가까이 가는 그 찬양의 세계 안에서, 닫혀있던 전부가 열려져간다.

깊이 들어가 만져주어, 위로의 손길이 되어주는.

새로운 시간을 달리다, 함께

새로운 바람이 불어온다.

계절이 흐르고 새로운 때가 오는 것 같다.

이마에 여드름이 나는 걸 보니

누가 날 좋아하나 보다.

건널목을 건널 때 뭔가

선선하다. 겨울이지만 걸을 수 있는 날씨에 한결 시원함이 느껴진다. 건널목에 선다. 옆에 외국인 남자와 갈색 긴 생머리의 젊은 여자, 그리고 동네에서 만날 법한 나이가 젊고 또는 나이가 많은 사람들이 서 있다. 신호가 바뀌어 걸어간다. 바람이 내 긴 머리카락을 이리저리 날리는 느낌이 새롭다.

차가 붐벼 건널목에 들어와 선다. 나는 서 있는 차들 옆으로 지나가며 세상과 더 가까워지는 기분이 든다. 건널목을 지날 때 뭔가 새롭게 느껴지던 바람. 오른쪽 얼굴의 감각이 살아나는 듯하고, 세상을 바라보는 시선도 오랜만에 가깝게 다가온다. 다시 돌아오는 느낌이다. 문득 세상이 나를 바라보는 것 같기도 하다.

새로운 바람.

색깔들의 축제

여러 가지 색깔들이 나의 달력 위에서 놀고 있다. 친구와의 만남은 노란 꽃이 생각나는 노란 색, 건강에 관한 것은 싱그러운 연두색, 가족들과의 여행이나 만남은 로열(royal)이 떠오르는 보라색으로 일정들을 표시해 둔다.

그중에 아직 일정은 없지만 만들어 놓은 색깔이 있다.

'Work'와 'Date'. 봄이 되어 새롭게 보게 될 색들, 하늘색과 빨간색이다.

이 두 카테고리 뒤에는 숨겨진 연상되는 가치관들이 있다. 내가 사모하는 대상을 향한 마음이기도 하다.

색깔을 생각하다 보면 나는 어떤 느낌이 떠오른다. 노란색은 밝고 재미있으며 생동감이 들고, 연두색은 새로 나오는 잎이 연상돼서 뭔가 새롭게 살아나는 것 같다. 가족을 보라색으로 칠한 것은 위엄 있고 존귀한 기분이 들어서이다. 새로운 것을 표시할 때는 나는 하늘색을 쓰는데, 새로움을 떠올릴 때 신선하고 시원한 느낌이 있기 때문이다. 핑크빛이 도는 빨간색은 '사랑(하트, 심장)'이라는 이미지가 나에게 다가와서 그런지 모르겠다. 왠지 연인과의 만남은 붉고 밝은 색인만큼 나를 진하고 선명하게 바꿀 것 같다.

사실 나는 그동안 색깔에 대해 진지하게 생각하지는 않았다. 핸드폰 속 달력에서 그냥 내 느낌대로 골랐는데, 어느새 여러 색깔로 채워진 달력을 보니 기분이 좋았다. 많아지고 다양해진 색깔들 사이에는 보이지 않고 타협할 수 없는 습관들이 투명색으로 묻혀 있다. 일정들을 검정색으로만 볼 때와 다채로운 색으로 볼 때의 느낌이 다르다. 일정에 대한 기대감이 달라지는 것 같다. 원래 좋았던 만남도 반복적인 밋밋한 일정도 칠해진 색깔로 인해 푸근한 이미지들이 떠오른다. 그래서 '색다르게' 다가가게 된다.

도화지같이 새하얀 하루하루에 색깔들이 입혀진다. 마치 폭죽 안에서 빨주노초파남보 색종이 조각들이 튀어나오듯이, 색색들이 내 삶에서 뿌려지며 튀어 오른다.

흘러나오는 소리, 향하는 소리
—트럼펫과 코넷

명절 연휴가 되어 할머니 댁에 갔다. 오후 2시쯤 따스한 햇볕이 들어와 베란다에 있는 다육이들이 빛으로 목욕하고 있고, 나는 할머니표 음식을 맛있게 먹고 소파에 편히 앉아 고모가 조곤조곤 하는 이야기를 듣고 있다.

같은 공간이지만 소리가 제각각 다른 것 같다. 조금 전 여러 어른이 모여 담소를 나눌 때는 영양제나 건강에 관한 이야기들을 주고받았다. 이제 작은 어른이 되어 마루에서 오고 가는 이야기를 듣고 있으니, 내가 어릴 적엔 느끼지 못했던 사람들의 오묘한 마음과 화합, 작은 부딪힘이 느껴졌다.

지금은 이제 나이가 들어감에 대해 그리고 무언가 두려움에 관한 이야기가 흘러나와 듣고 있다.

그러는 중에 할머니 집 끝의 방에서 작은 소리가 새어 나온다. 방음 부스 안에서 나오는 트럼펫과 코넷의 음악 소리다.

아버지와 어머니는 정말 다른 취미, 다른 성향을 지니고 함께 사신다. 그러다가 언제부터인가 트럼펫과 코넷을 같이 배운 뒤, 둘이 함께 집에서 종종 연주로 찬양을 드렸다. 나는 내 방에서 하던 일을 멈추고, 악기들의 화음 소리를 가만히 듣곤 했다.

지금도 그런 순간이다. 대화를 멈추고, 우리는 음악 소리에 귀를 기울인다. 하늘로 향하는 소리. "십자가, 십자가…." 그 소리가 다가와 우리가 내던 모든 소리들이 일순에 멈춰진다. 마음의 음파도 따라서 변하여 간다.

음악 한 곡이 끝나자, 고모가 집에서도 부모님이 자주 찬양을 연주하느냐고 묻는다. 부모님도 방음 부스에서 나오며 음악 소리가 들렸냐며 웃으신다. 조금 후에 고모부가 오시자 어른들의 소리가 다시 시작된다.

마음의 소리들이 흘러나오는 걸 처음 느낀다. 마음의 소리는 사람마다 다 다르기에 때론 아름다운 조화를 이루기도 하고 어긋난 음을 낼 때도 있다. 그러나 소리가 위를 향할 때에는 마치 튜닝이 되어 가듯이, 각자가 내는 소리가 화합을 이루고 불협화음을 내던 소리들이 신비하게 조율된다.

우리들의 시선이, 우리들의 노래가 오직 그 한 분을 향해 아름다운 화음의 소리로 들려졌으면.

손이 닿을 거리에서

사람과 마주 보며 사랑을 눈길로 나누고 싶은 작은 소원이 생겼다. 서로의 손이 닿을 거리에서. 하루씩 힘이 늘어나면서 나는 행동으로 내 손과 발을 움직여 표현하고 싶어졌다. 멀리서 마음을 전하는 것보다 직접 만나는 게 더 세심하고 다정하게 전달되는 것 같다.

작은 걸음들이 새로운 만남을 이어주었다. 나는 소통할 때 말을 더 잘해야 한다고 생각했다. 하지만 한번 상대의 멈추어진 말속에 은밀하고 따뜻한 사랑이 서려 있는 걸 느꼈다. 그 침묵의 은밀함은 마치 잔잔한 물결 같으면서도 든든한 버팀목 같은 사랑이었다. 나는 때로는 푼수처럼 말하고, 더러는 말을 아꼈다. 이 균형이 깨어질 때 대부분 내게 필요한 것은, 침묵하는 지혜였다.

힘이 조금 생겨 몸도 그렇고 생각하는 범위도 커져가는 느낌이다. 외부로부터 마음에 들어오려는 침략의 신호가 감지될 때 저항하거나 돌려서 흘려보내는 내 마음의 힘과 포용의 수로가 전과 다르다. 비탈길도 쉬지 않고 오르고, 평소보다 집중을 오래 할 수 있다. 잘 넘어가지지 않던 대화도 이따금씩 가벼운 이야기 정도로 여겨진다.

하지만 바라던 것이 생겨도 나는 마음 깊은 중심으로 되돌아가곤 한다. 아니 돌아가게 되고, 그래야 한다. 그 중심에 진짜 힘이 있기 때문이다. 사실 나는 그 이전부터 두려운 마음이 들었다. '나의 힘'으로 교만해지고 의지하는 모습이 사라질까봐…. '그렇게 되면 어쩌지' 했지만, 올바른 자리로 다시 안내되어 올 것을 믿어 망설임 없이 두려움을 떠나보냈다.

나는 대답을 몇 초 뒤 늦게 하는 습관이 있는데, 이로 인해 때론 오해를 사기도 한다. 반면에 듣는 처지에서는 유리한 점이 보인다. 충분히 기다리기 때문이다. 영어 단어 'understand'를 두 단어로 나누어서 보면 'under' '아래에서', 'stand' '서다'인데, 이처럼 낮은 곳에 서서 들을 때 비로소 이해할 수 있다는 뜻이 숨어있다. 나보다 약자인 사람을 대할 때에도, 내가 배우고 신뢰를 줘야 할 사람을 대할 때에도 마찬가지인 듯하다.

사람을 직접 마주 보고 대하는게 어렵지만, 나날이 다듬어져 간다. 하트 모양으로 깎이어 갈까. 때론 고통스러울 수 있지만 이해의 폭이 넓혀지고 성숙함이 물들어 짙은 향기 낼 때가 어느새 와 있을 것이다. 손을 잡아주는 그때.

카페 바 뒤에 가면

카페 바 뒤에 들어가기 위해선 마치 출입증 같은 검사증이 필요하다. 바 뒤에선 무대 뒤에 들어가듯 처음 보는 게 많다. 커피와 음료를 만드는데 필요한 재료들, 판매할 베이커리들. CCTV 카메라뿐 아니라 보이지 않는 흐름과 서비스 마인드가 숨을 고르며 기다리고 있다. 뭔가를 기대하면서.

조금 특이하게 손님이 거의 없는 카페에서 일했다. 처음 일을 시작할 때는 음료가 더 맛있게 만들어지길 원했다. 나는 카페인을 못 먹기 때문에 커피가 내려오는 모양새나 몇 초에 걸쳐 커피가 내려오는지를 눈으로 보고 맛을 맞추었다. 속으로 맛있게 만들어졌으면 기도했다. 음료 안에 따뜻함이 담기고 맛도 나길 바랐다.

카페에 찾아오는 사람과의 만남이 기뻤다. 항상 멀리서만 보던 한 분을 주문대에서 만났다. 가까이에서 인사를 하고 서비스

과자를 줄 수 있어서 행복했다. 섬길 수 있는 기회였다. 영어 메뉴도 크게 뒤에 붙어 있는데, 외국인이 한번은 왔으면 하는 마음이 있었다.

CCTV 카메라를 통해서 쉬는 시간에도 사람들이 오는지 가는지 알 수 있었다. 손님이 없을 때는 비치해둔 책을 하나 들고 독서를 하곤 했다. 싱크대가 우리 집보다 높아서 내 키에 맞았다. 오늘은 어떤 노래를 틀까. 오는 손님들의 표정을 봐 가며 음악을 바꾸는 날도 있었다. 지하에 있던 카페라 햇빛이 들어오면 좋겠다고 생각했다. 추위를 타 내 앞에 있는 난방을 틀기도 했다.

처음에는 몸을 움직이는 일을 하는 것 자체가 감사했다. 몸을 움직여 땀이 날 때는 기분이 좋기도 하고 성취감마저 들었다. 손님한테 무언가를 서비스할 때에 나이프에 물 자국을 닦아서 주냐, 냅킨을 받쳐서 주냐, 어떤 방향으로 주냐, 이런 섬세함을 생각하며 몸에 익힐 수 있었다. 뭔가 실수를 했을 때가 사실은 가장 고객의 마음을 살 수 있는 기회이며, 컴플레인이 들어올 때가 오히려 단골손님을 만들 수 있는 절호의 찬스라고 들었다. 그럴 기회가 나에게 몇 번 있었다.

하루는 방 예약을 하려는 전화를 받고 끊을 때쯤에 한 손님이 내 이름을 물었다. 아주머니였는데 내 덕분에 행복하게 하루를 시작한다고 말씀하셨다. 갑자기 기분이 좋아졌다. 내가 있는 시간에는 혼자 맡아 일을 해서 아무도 모르게 주인 의식을 가지고 일하였다. 그러나 아쉽게도 계속할 수가 없었다. 커피 가루를 내리는 소리에 익숙해질 때쯤 쉬게 되었다. 잠깐의 배움의 터가 된 것 같다. 지나가는 시간이었을까.

주로 별다방에서 음료를 주문해서 마시기만 했다. 그날은 카페에서 일하는 사람을 유심히 바라보았다. 베테랑이다. 여자인데 팔에 근육이 불룩 있고 일하는 동선도 짧고 친절하다. 왠지 음료를 마시면서 더 맛있게 느껴진다. 식당에 가도 먼저 서빙하는 사람이 눈에 들어온다. 매니저의 서비스나 음악과 분위기를 보게 된다. 경험하고 나니 세상을 보는 눈이, 플러스 원. 하나 새로 생긴 것 같다.

빛의 조각들

"감기 걸렸었니?"

열이 나는 상태에서 시험을 봤다. 점수를 보고 고등학교 과학 선생님이 물어봐 주었다. 시험 보던 나를 지켜보았나 보다. 항상 이불로 한번 덮은 것 같은 차분하고 재치 있던 목소리가 기억에 남는다.

『오만과 편견』 책을 수업에서 같이 읽고 토론하는 시간, 주인공 캐릭터와 닮았다며 영어 문학 선생님께서 나에게 말씀해 주셨다. 그때 교실 앞에서 허심탄회하게 웃으며 나를 보며 말하던 표정이 생각난다. 나도 닮은 부분과 다른 부분을 앞에 나와 발표할 때 이야기했다. 그리스도인인지 모르지만 성경 말씀을 영어 수업 시간에 어느 시처럼 가져와 중립적인 시각으로 가치를 나눠 주신, 웃음이 귀까지 닿을 정도로 넓으셨던 고등학교 선생님. 우리 졸업식 때 연설을 해주셨고, 오래도록 간간이 연락드려 서로 소식을 전했다. 처음에는 나에게 내 영어 이름 두 가지 중 어느 거로 부르는 게 좋으냐고 물어봐 주었다. 유일하게 나를 'Ellie'가 아닌 'Elizabeth'라는 긴 이름으로 불러준 선생님이다. 그런 관심 속 대화가 오갔던 분위기는 편안하면서도 마냥 편하지만은 않은 적당한 긴장감을 주었고, 균형 있게 내 마음이 열려져갔다. 그래서인지 영어 문학 시간에 글을 쓰는 게 좋았다.

그때 왜 그런 대답을 했는지 시간을 되돌아보면, 나를 더 존중해주는 이름이라고 느껴서인지 모르겠다. Ellie라는 이름은 나의 의지와는 상관없이 초등학교 친구가 짧게 불러주면서 별명처럼 생긴 건데, 가장 많이 불리는 이름이 되었다. 나중에 찾아보니 뜻이 마음에 들었다. '빛' 아니면 '하나님은 나의 빛이시다'. 나의 원래 이름은 '하나님의 약속' 아니면 '나의 하나님은 약속이시다'라는 뜻이다. 『오만과 편견』 주인공 이름과 우연하게 같았다.

대학교 '건축 그리기' 세미나를 우연히 듣게 되었다. 새로 생긴 건축과 학과장 교수님이 기초반처럼 만든 것이었다. 어떻게 보면 그 한 수업을 계기로 건축을 전공하게 되었다. 차분한 분위기에서 멋진 그림들이 완성되었다. 설계와 디자인과는 전혀 상관없었지만 나를 그 세계로 끌어들였다. 그 매력은 인품에 있었을까, 생각해 본다.

교수님은 똑바른 선을 그릴 때 손을 떠셨다. 그 흔들리고 두툼한 손만큼 오랜 세월과 겸손이 사람 안에 있는 게 느껴졌다. 외부 강사로 온 어느 유명한 대학교를 졸업한 사람이 나와 내 친구에게 인종차별적 발언을 한 것을 그 교수님에게 가서 얘기하게 되었는데, 그 분은 동그란 안경 너머 내 눈을 보며 정확히 어떻게 말했는지 물어봐 주었다. 대학교 교수님들 중 유일하게 학생들을 집으로 초청해준 사람이다. 졸업 후에 학교에 찾아가서 그 교수님만 만나 인사했다. 글을 쓰다 이메일을 찾아보니 오래 연락을 못 한 걸 알았다.

오랜 시간 지나 기억에 남는 건 관심과 성품, 존중 같은 것들이구나, 를 깨닫는다. 배운 내용은 그에 비해 희미하게 숨겨져 있다. 그들을 기억나게 하는 건 세상에서 얼마나 성공하고 멋지고 뛰어났는지도 아닌, 한결같은 무언가였다.

믿고 기대하며 바라봐주던 것. 물어봐 주는 행위는 삶의 어쩌면 커다란 한 조각을 내어주는 게 아니었을까. 그 조각 안에는 시간과 정성이 있었을까. 뭔지 몰랐지만, 보고 느낀 것들이 내 안에 남아있다. 나도 모르게 마음에 배어들어 거름이 된 것 같은 느낌. 나의 최고의 스승이자 롤 모델인 예수님을 이러한 삶의 조각들을 통하여서도 체험하는 걸까. 훨씬 더 큰 차원을 내 안에서뿐만 아니라, 삶의 구체적인 손길에서부터….

조각도 아닌 전부를 내어주신 빛 안에서, 뜻에 따라 나의 조각들을 내어줘 본다.

하나둘, 비추어 보인다.

일어나 발한다, 그 빛을.

새로운 시간을 달리다

페달을 몇 번 돌리지 않고 길고 낮은 경사의 도로를 내려왔다. 페달을 밟다 멈추면 나는 자전거 체인 소리를 들으며…. 시원하면서도 따스한 바람이 얼굴에 천천히 와 닿았다. 수업이 끝나고 학생들은 일찍 돌아갔는지, 저 멀리에도 몇 사람 보이지 않았다. 공대 쪽 건물에서부터 기숙사까지 자전거로 움직이던 오후, 그 잔잔한 장면이 기억에 남는다.

캠퍼스가 워낙 커서 학생들은 거의 다 자전거로 오고 갔다. 게다가 날씨는 일 년 내내 거의 맑아 더할 나위 없었다. 나는 하루를 쇠로 만든 자물쇠를 풀면서 시작했다. 자전거로 등교하고 친구들을 만나거나 밥을 먹으러 갔다. 특별히 여유 있는 시간에는 그 위에 두 발로 서서 세상을 살짝 더 위에서 바라봤다. 서서 탈 때는 다리를 움직이지 않고 그 상태로 도로 위를 미끄러지듯이 조금 더 낮은 곳을 찾아가며 누비곤 했다. 나는 자전거 위에 가만히 서서 푸른 풀밭, 높은 야자수들, 물이 나오는 분수대를 스쳐 지나갔다. 아니 마치 그것들이 나를 지나가는 것처럼 느껴졌다.

어느 날 친구들이랑 와인 농장에 놀러 가 자전거로 돌아다니며 구경하려는 계획을 세웠다. 차 위에 자전거를 매달고 로드 트립을 떠났는데, 중간에 내 자전거가 떨어져 잃어버리고 말았다. 결국 우리는 짧게 자전거를 돌아가면서 타다가, 와인 농장을 투어하고 디저트 와인을 맛보고 기념품을 샀다. 포도나무 사이에 들어가 향을 진하게 맡고, 와인 통 곁에서 와인이 만들어지는 과정을 오래 보았다. 학교에 돌아왔다. 중고 자전거를 좋은 값에 사고, 2년 뒤에 되팔았다. 그때 타던 자전거가 잃어버린 자전거보다 선명하게 기억난다. 더 마음에 들었나 보다. 하늘색 중에서도 연한 파스텔 색깔의 자전거가 연한 분홍색 가방과 잘 어울렸다.

짓궂은 남자애 하나가 조금 불편하게 한 일이 있었다. 나는 연한 색처럼 순진한 편이어서 잠시 당황했다. 친구들과 떨어진 기숙사에 배정이 되어 더 그랬던 것 같다. 자전거를 기숙사 밖에 댈 때 서로 인사하던 게 떠오른다. 반갑게 인사했는데 알고 보니 약간 무례한 아이였다. 처음에는 몰랐는데…. 그 시절은 감각적으로 세상을 마주하면서 여러 나라 사람들 사이에서 이해하지 못하던 것도 많았고, 잘 모르는 만큼 표현도 잘 못 했던 것 같다. 자전거를 잃어버린 줄도 몰랐던 것처럼, 삶의 방향을 몰랐을 때이기도 하다. 잃어버린 자전거처럼 지나간 옛날 자전거를 떠나보낸다. 지금, 매일 새 자전거를 타며….

나의 자전거에 대한 추억의 첫 장면은 세발자전거를 떼는 초등학교 운동장이다. 처음으로 두발자전거에 앉았다. 모래로 가득한 운동장에서 아버지가 뒤에서 밀어주다 손을 놓으셨다. 그리고 나서 어릴 적부터 아버지와 남동생과 양재천에서 자전거를 타곤 했다. 어쩌다 마주치는 같은 초등학교 아이들 앞에서 부끄러운 마음도 잠깐 들었다. 자전거를 타기에 적합한 딱 붙는 바지를 입어서였던가. 그럼에도 꽤 오랫동안 가족과 함께 타고 나는 뒤에서 따라갔다.

기억에 남는 장면이 하나 더 있다. 자전거를 탄 것만 아니라 자전거 조립을 함께 한 일이다. 체인 기름도 묻혀가며, 아버지의 보조 역할을 한창 했다. 나의 유년 시절에 아버지와 같이 했던 시간이 자전거에 들어 있다. 자전거를 세우려고 한 발로 내리던 스탠드에 자전거가 온 몸을 기대듯이, 부모님의 보호 아래 나도 마음껏 기대었다.

일본에 한 학기 교환학생으로 갔을 때 호스트 가족 집에 자전거가 있었다. 얇은 바퀴에 바구니가 달린 자전거를 빌려 타고 윗동네에서부터 개천을 따라 등교했다. 우툴두툴한 길에 돌멩이들이 많았는데도 펑크가 안 나고, 나는 넘어지지도 않고 씩씩하게 다녔다. 아침 운동도 하는 겸 거리 때문에 의도치 않은 나만의 시간을 충분히 보내고 학교에 도착하곤 했다.

뉴욕에서 잠깐 일할 때에는 유행하기 시작했던 무거운 프레임과 굵은 바퀴의 공유 자전거를 타고 허드슨강을 따라 해지는 붉은 하늘을 보며 퇴근했다. 회사 동료로부터 하얀 헬멧을 받아 빌려 썼다.

지금 돌아보면 자전거를 탈 때 그 도시의 자연 풍경이 곁에 있었다. 하지만 시간이 흐르면서 풍경의 아름다움이 점점 흐려져 갔다. 그때 낯선 도시들에서 나는 어떤 마음으로 지냈더라. 자전거를 탈 때는 어떤 생각을 했었더라. 자전거 타는 사진을 남겨 sns에 올리고, 무엇을 먹을지 무엇을 입을지 신경을 썼었던가. 새로운 나라에서 새로운 회사 생활을 하며 사람들 사이에서 뭐가 뭔지 모른 채 지냈던 것 같은. 나의 반석을 모르고, 본질을 깨닫지 못한 채 세상이 뭘까 하며. 그 무겁던 자전거도, 그 얇던 자전거도 이 글을 통해 버린다. 이미 지나간 걸 느낀다. 그때는 겨우 숨을 쉬었었는데…. 나는 지금 흐드러지게 피었다.

이제 어떤 자전거가 등장할까. 자전거가 시간을 달리다 잠깐 끊어졌다. 더 이상 세상을 달리지 못하고 창고에 들어가 있듯 사라졌었다. 다시 새로운 자전거가 어렴풋이 보이는데, 더 이상 혼자 타는 자전거가 아니다. 둘이 타는 텐덤 바이크(tandem bike) 또는 너더댓 명이 타는 사륜 자전거. 가끔 페달을 밟지 않아도 되는 둘이나 여럿이 서로 함께하는. 이 일상 속 이동 수단이 우리를 어디로 데려갈까. 새로운 시간을 달려간다.
나의 하나님 안에서 우리 여럿이.

뜨거운 여름이 지나가고 있었다

여름의 어느 하루가 지나가자, 바로 가을 냄새가 나는 날이 왔다. 나는 빌린 자전거 옷과 헬멧을 쓰고 나섰다. 일일권을 이용해 빌린 자전거를 타고 친구들을 만나기로 한 다리 아래로 향했다.

탄천의 흐르는 냄새가 나고, 어느새 하늘이 높아진 분위기이다. 탁 트인 곳에서 높이 서 있는 버드나무가 바람에 쏠리는 모습을 보며 페달을 밟는데 '아, 좋다' 하며 마음의 소리가 나온다. 한강에 다녀오는 내리막길에서 자전거 페달 위에 서 보기도 한다. 줄지어 함께 타던 친구들과 헤어지고 돌아오는 길, 잠자리 한 마리가 내 옆에 오더니 잠시 동행한다. 무거운 자전거라 천천히 달리는 속도가 알맞았는지 잠깐 인사하고 간다. 옆을 슬쩍 보면서 미소를 짓는다.

한 주 전, 6시 정도까지 오라는 말에 새벽에 일어났다. 도착해서 노란 조끼를 입고 여러 테이블에 잘 붙게 분무기로 물을 뿌린 뒤 비닐을 덮었다. 둥그렇게 서서 다 함께 성령으로 충만하고 '주목자' 분들을 주께 대하듯 대하길 기도했다. 주목자는 '주님께서 주목하시는 사람들'의 줄임말로 노숙자분들을 부르는 우리끼리의 말이다. 배식하는 테이블 뒤에 섰다. "안녕하세요?" 밝게 인사하며 밥그릇을 분리했다. 옆에서 들리는 소리를 따라서 "예수님 믿고 행복하세요."라고 하며 마음껏 인사했다.

한 명 한 명이 귀하게 느껴지는 이 마음을 어떻게 표현할지…. 위에서부터 사랑의 폭포수가 떨어지나 보다. 밥을 다 먹고 찬양을 부를 때에도 주님께서 함께하심이 느껴졌다. 150명 중에 유난히 웃어주시던 할머니와 몇 명이 생각난다. 뜨거운 여름이 지나가는 끝에 있던 일이다.

새로운 바람이 불어온다. 계절이 흐르고 새로운 때가 오는 것 같다. 이마에 여드름이 나는 걸 보니 누가 날 좋아하나 보다.

기도와 사랑, 그 길

홍수와 가뭄, 전쟁을 본다
내가 할 수 있는 건
통치하시는 하나님께 기도.

병원에 입원해 있는 선배 언니
관계에 어려움이 있는 교회 동생
내가 할 수 있는 것
눈물과 믿음의 기도.

함께 가자
일어나 함께 가자
초청에 응답하여
세상으로, 한 발 세상 안으로.

알고 믿는 진짜 사랑 안에서

내 안의 잎사귀로

상처를 덮어주면

꽃잎에서 진하게 나는 향.

주님의

앞과 옆에 있는

약속한 기쁨

제게 계속 알려주세요.

우리가 함께

그 길을

가게 해주세요.